www.tredition.de

Wandlungen

Gerhard Jakubowski

Wandlungen

Roman

www.tredition.de

© 2013 Gerhard Jakubowski

Umschlaggestaltung:	Angela Herold, www.herolddesign.de
Foto Titelseite:	Astrid Köhn, Buchholz in der Nordheide
Korrektorat, Layout:	Jörg Querner, www.anti-fehlerteufel.de

Verlag: tredition GmbH, Hamburg
ISBN: 978-3-8495-7130-6
Printed in Germany

Das Werk, einschließlich seiner Teile, ist urheberrechtlich geschützt. Jede Verwertung ist ohne Zustimmung des Verlages und des Autors unzulässig. Dies gilt insbesondere für die elektronische oder sonstige Vervielfältigung, Übersetzung, Verbreitung und öffentliche Zugänglichmachung.

Teil 1

Max stieg in sein Auto und fuhr los. Einundsiebzig Jahre alt war er jetzt. Seit einiger Zeit blitzte öfter der Gedanke auf, sein Leben ausgiebig Revue passieren zu lassen, sich Veränderungen und besondere Situationen vor Augen zu führen, manche Steine, die im Weg lagen und liegen, zu passieren, zu umgehen oder aus dem Weg zu räumen. Die noch vor ihm liegende Zeitspanne, wie lange sie auch dauern mochte, beschäftigte ihn ebenfalls. Besonders angesichts der radikalen Umbruchsituation, in der er sich befand, ausgelöst durch mehrere schockartige Ereignisse in den letzten Jahren. Er wollte die restliche Lebenszeit so gut und lange wie möglich gestalten. Mit der Schaffenskraft und Lebenslust, die noch in ihm steckte.

Er hielt an und stieg aus. Ein holpriger Feldweg führte zum nahen Wald, der in den letzten wundervollen Farben des Herbstes stand. Dort angekommen, setzte er sich auf eine Bank.

Max blickte auf ein bewegtes Leben zurück. Nach zwanzigjähriger Partnerschaft mit Dorothee erfolgte nach vielen glücklichen und interessanten Jahren die Trennung. Die Turbulenzen indes waren nicht allein privater Art. Auch die berufliche Situation machte ihm zu schaffen. Die Weltwirtschaftskrise hatte ihn und sein Büro mit zwei Mitarbeiterinnen und seinem Sohn kalt erwischt.

Die Lage vor der Krise war hervorragend gewesen. Üppig ausgestattet mit mehreren großen Projektaufträgen internationaler Konzerne würden sie eines ihrer besten Geschäftsjahre erleben. Davon konnten sie ausgehen.

Dann aus heiterem Himmel der weltweite wirtschaftliche Einbruch. Unternehmen, von ihnen seit Jahren erfolgreich beraten, kürzten angesichts ihrer eigenen Probleme die Mittel, strichen bereits bewilligte Projekte. Es traf ihn und sein Team wie einen Schock. Das Niederschmetternde daran: Ohne eigenes Verschulden waren sie in diese Schieflage geraten.

Dennoch: Er konnte seine Auftraggeber und ihre Handlungsweisen verstehen. Zwei Manager, zu denen seit Jahren ein vertrauensvoller Kontakt bestand, hatten ihn in persönlichen Zwiegesprächen über die Situation recht offen informiert. Dafür war er dankbar.

Es hätte auch anders laufen können, beispielsweise durch eine lapidare E-Mail mit der kurzen Information darüber, dass das Projekt gestrichen sei und eine Endabrechnung erfolgen sollte. Die vertraulichen Gespräche waren ein Trost.

Jammern half nicht, es musste weitergehen, emotionale Reserven und Selbstvertrauen mussten mobilisiert werden. Max blieb mit den Unternehmen in Kontakt. Nach einem Jahr Pause lief die Beratung auf kleinerer Flamme weiter.

Etliche Manager, erfuhr Max, waren selbst in Sorge um ihren Arbeitsplatz. Ihre Unternehmen wurden mit Fokussierung auf Europa und Brüssel umstrukturiert, Aufgaben aus Deutschland abgezogen und in Belgiens Hauptstadt verlegt.

Max vertiefte sich nicht weiter in dieses Thema. Es war ihm ständig gegenwärtig. Er musste damit leben und daraus das Beste machen. Kopf hoch, ermunterte er sich. Er schüttelte die düsteren Gedanken ab und erhob sich.

Er wollte seine Fahrt fortsetzen, sich weiter durch die Landschaft treiben lassen. Es störte ihn nicht, kein exaktes Ziel vor Augen zu haben. Nach und nach wurde ihm bewusst, dass er nach Mecklenburg-Vorpommern fuhr, in dieses hügelige, wellige Auf und Ab mit seinen langgestreckten, grün bedachten Alleen.

Er ließ Farben und Gerüche auf sich wirken, jetzt im Herbst die bunt belaubten Bäume, die fallenden Blätter und den wie ein Hauch vorbeiziehenden Duft von Pilzen und frisch geschlagenem, gestapeltem Holz. Diese Landschaft hatte es ihm angetan. Sie öffnete sein Herz und bescherte ihm tiefe Ruhe.

Die Ostsee war in Sicht. Er hielt an und stieg aus. Ein strahlend blauer Herbsttag verführte ihn zu einem längeren Spaziergang in der stillen, fast geheimnisvollen Boddenlandschaft. Leise plätscherten die sanften Wellen ans Ufer. Selbst die Touristen unterhielten sich mit gedämpften Stimmen.

Manches Mal vermisste er eine Frau an seiner Seite. Das waren Stunden, in denen er sich allein fühlte. Einsam hingegen nur selten. Solche Strecken hatte er schon öfter durchlebt. Das reichte bis in seine Jugendzeit zurück, in der er sich in seiner Familie zwar geliebt und geborgen fühlte, aber häufig von ihr unverstanden. Viele seiner Gedanken konnten sie weder verstehen noch nachvollziehen. Schon damals hatte er alleine Tageswanderungen im Schwarzwald, seiner Heimat, unternommen. Vor allem dann, wenn er Probleme in Ruhe sortieren wollte und nach Lösungen suchte. Wie jetzt auch wieder.

Die Zeit solcher Wanderungen war längst vorbei. Vor einigen Wochen allerdings war er doch erstaunt, wie gut er einen anstrengenden Ausflug in einer Gruppe jüngerer Menschen überstanden hatte. Sie waren in einer Klamm mit wild tosendem Bach bergab gewandert, der sich tief ins Felsgestein gegraben hatte. Mit sicherem Schritt, gleichzeitig vorsichtig, hatte sich Max auf dem oft schmalen Weg bewegt. Beruhigend war die Anwesenheit der anderen um ihn herum.

Der Vorschlag zu diesem Ausflug kam von Hannelore, der Leiterin der Schweizer Bildhauergruppe, einer schlanken, doch kräftigen jungen Frau mit blonden Haaren, klaren, lebendig blitzenden Augen und einem ansteckenden, erfrischenden Lachen.

Einen einwöchigen Bildhauerkurs hatten sie und Hans, ihr Künstlerkollege, angeboten. Zur Ferienzeit mitten im Sommer. Die Sehnsucht nach Italien und der Schweiz hatte Max bewogen, sich anzumelden. Die Arbeit am Stein, wie die beiden das Bildhauen nannten, ebenso. Seit einigen Jahren spürte er die wohltuende Wirkung solcher Tätigkeit, die zu lieben er begonnen hatte.

Die Gruppe war in heiterer Stimmung, scherzte, betrachtete innehaltend Eigenarten der Natur in dieser wilden Schlucht. Ständig bergab gehend spürte Max zunehmend seine Knochen.

Auf einer kurzen, starken Steigung am Ende der Tour wurde er kurzatmig. Hannelore nahm ihm gegen leichtes Sträuben den Rucksack ab. Ohne dieses Gewicht im Rücken kam er leichter voran und war für ihre Hilfsbereitschaft dann doch dankbar.

Die Jahre gehen an einem eben nicht spurlos vorbei, dachte Max. Wie sollten sie auch! Schlank war er noch nie gewesen, dick auch nicht. Irgendwo in der Mitte lag er mit seinem Gewicht. Das sollte auch so bleiben; Achtsamkeit war angesagt.

Vor einigen Jahren hatte er sich der alten Volksweisheit besonnen: FdH. Friss die Hälfte. Es gehörte Disziplin dazu – und Beständigkeit. Angesichts der Tatsache, dass er mit seiner Altersdiabetes seit einiger Zeit ohnehin stärker auf seine Gesundheit achten musste, war das Ergebnis erfreulich. Mehr Aufmerksamkeit gegenüber Körper, Geist und Seele während des Alterns konnte nicht schaden. Das wusste und spürte er. Lästig, aber schließlich zur Gewohnheit geworden war das regelmäßige Einnehmen von Pillen.

Seit nunmehr drei Jahren widmete er sich nebenbei dem Bildhauen. In der Nähe seines Hauses lag ein Atelier. Die Atmosphäre, obwohl nicht vergleichbar mit der großartigen Natur und Bergkulisse im Engadin, war gut und tat Max wohl. Stundenlang konnte er, entspannt und umgeben von Rindern, Pferden, Schafen und Gänsen, vor sich hin arbeiten.

Sich in den Stein versenkend, entstanden so die ersten kleinen Skulpturen. Er ließ sich in Gestaltung und Kreativität frei treiben. Diese Arbeit führte ihn in eine Gedanken- und Gefühlswelt, die ihn ablenkte und Raum für Neues schuf.

Eine kleine Gruppe von Männern und Frauen traf sich dort unregelmäßig. So hatte er Ruth wieder näher kennengelernt, die ihn auch auf den Sommerkurs im Engadin aufmerksam gemacht hatte.

Spontan meldete er sich an und erfuhr, dass Ruth ebenfalls gebucht hatte, als er sich erkundigte, wie viele Teilnehmer sich angemeldet hatten. Max informierte Ruth. Beide freuten sich, einmal für eine Woche gemeinsam und in einer ihnen fremden Gruppe zu erleben, wie sozusagen aus nichts etwas wurde. Vor Beginn wollte er sich noch einige Tage in der Schweiz aufhalten.

Er streifte die Erinnerungen ab und wandte sich wieder der Gegenwart zu. Am Ende eines längeren Strandabschnittes entdeckte er in den Dünen ein in dunkelroter Farbe norwegischer Häuser gestrichenes kleines Hotel mit Restaurant, außerdem einen Hafen mit vor sich hin dümpelnden Ruder- und Fischerboten und einer Anlegestelle für Bootsfahrten in die Boddenlandschaft. Auf den ersten Blick hatte es ihm das Hotel angetan.

Er trat durch den Eingang und stand in einer Diele mit Rezeption. Ja, sie hätten noch ein Zimmer frei, war die Antwort auf seine Frage nach einer Übernachtung. Er buchte für eine Nacht. Leichten Schrittes machte er sich auf den Weg zurück zum geparkten Auto.

Nach etwas mehr als einer halben Stunde erreichte er wieder seinen Ankerplatz, wie er das Hotel im kleinen Hafen nannte. Er ließ sich sein Zimmer zeigen. Die Einrichtung war schlicht und doch beeindruckend. Vor allem der Fußboden. Am liebsten hätte er sich sofort seiner Schuhe und Strümpfe entledigt, um unter seinen nackten Füßen die alten Holzdielen zu spüren. Er hielt sich zurück, durchquerte den Raum, öffnete die Balkontür und trat hinaus.

Der Blick über die Ostsee war atemberaubend, die Atmosphäre ruhig und friedlich. Der hereinwehende Duft brachte eine Mischung aus salzigem Meerwasser und leichtem, angenehmem Fischgeruch. Max öffnete seine Nase und sog tief diese Düfte ein.

Auf einem Stuhl nahm er Platz und streckte die Beine aus, verschränkte die Arme hinter dem Kopf und ließ seine Gedanken schweifen. Die letzten warmen Sonnenstrahlen genießend und die Augen geschlossen, fühlte er sich entspannt und zufrieden.

In den letzten zwei, drei Jahren wechselten öfter seine Stimmungen. Ich sollte das akzeptieren, dachte er bei sich, nicht dagegen ankämpfen. Während dieser Gedankengänge hatte Max sich erhoben. Es zog ihn hinaus. Unwillkürlich lenkte er seine Schritte ans Ufer.

Sanftes Rauschen des Windes und Plätschern des silberfarbenen Wassers verbreiteten Ruhe. Leise kräuselten sich die Wellen. Kräftige, geräuschvolle Flügelschläge der Wildenten und ihre gebremsten Landungen auf dem Wasser erfreuten Auge und Ohr.

Auf das nächste Schiff für eine Boddenrundfahrt wollte er warten. Max schlenderte zum Anleger, um nach den Abfahrtszeiten zu sehen. In einer halben Stunde fand die letzte Fahrt an diesem Tag statt. Es blieb ihm noch Zeit für einen Kaffee im Garten des Restaurants.

Nur wenige Touristen kamen von Bord, als das Schiff anlegte, etliche stiegen zu. Max schloss sich ihnen an. Fernglas und wetterfeste Jacke waren mit dabei. Tausende von Kranichen und Wildenten zu erleben, die hier auf ihrem Flug in den Süden Rast machten, wollte er sich nicht entgehen lassen.

Nachdem er einen guten Platz an Deck gefunden hatte, legte er Jacke und Fernglas um. Gespräche und Gelächter der Touristen nahm er kaum noch wahr. Er hatte sich innerlich zurückgezogen.

Der Ausflugdampfer legte ab. Leise tuckernd suchte er seinen Weg, vorbei an kleinen urwüchsigen, unbewohnten und von Schilf umgebenen Inseln, in diesen Tagen bevölkert von hereinschwebenden und abfliegenden Zugvögeln mit tausendfachem Geschrei und Geschnatter.

Ein seltenes Schauspiel, von dem Max sich gefangen nehmen ließ. Das Fernglas bot gute Dienste.

Aus nächster Nähe beobachtete er diese Vogelwelt, die Anmut der Kraniche, wenn sie ruhig im Wasser nach Futter suchten und sich plötzlich, wie auf ein geheimes Zeichen hin, in die Luft erhoben.

Leise senkte sich die Dämmerung auf Land und Wasser. Das Schiff machte sich auf die Rückfahrt. Eine Stunde später setzte Max seinen Fuß wieder an Land und suchte das Restaurant in seinem Hotel für ein kleines Abendessen auf.

Er fand einen Platz am Fenster, studierte die Karte und bestellte ein Tellergericht. Weidelamm mit Rosmarinkartoffeln und gemischtem Salat.

Hier im Norden hatte er eigenartigerweise nur selten Appetit auf Fisch. Im Süden Europas verhielt sich das völlig anders. Es hing wohl mit der Wärme, der sonnigen, lockeren und lebendigen Atmosphäre in italienischen oder französischen Städten und den farbenprächtigen Strandpromenaden zusammen.

Max liebte seit Jahrzehnten den Süden. An der auch im Sommer oft recht kühlen Nordsee und Ostsee wurde er daran erinnert, wenn sie sich endlich, nach Wochen, auf 18 Grad Celsius erwärmt hatte, im Gegensatz zum Süden mit 23, 25 Grad und warmen Winden, mit Abenden, die zum Flanieren einluden.

Trotzdem konnte er auch dem Norden etwas abgewinnen. Dieser herben Schönheit und den wundervollen Wolkengebilden am Himmel beispielsweise. Er erinnerte sich sogar an einen wirklich heißen Sommer vor etlichen Jahren. Bis zum Oktober hatte er in der Ostsee schwimmen können. Eine seltene Ausnahme und ein Genuss.

Der Kellner brachte das Essen. Max hatte einen leichten Weißwein dazu bestellt. Das Lamm war zart, schmeckte hervorragend, wie auch die Rosmarin-Kartoffeln. Den Riesling ließ er langsam im Mund und auf der Zunge zergehen. „Schlotzen" nannten sie es in Südbaden, seiner Heimat. So lässt es sich leben, dachte er und prostete sich selbst zu. Danach machte er noch einen kleinen Spaziergang. Schließlich ging er zu Bett.

Um sieben Uhr am nächsten Morgen wachte er auf. Frühnebel lag über der Landschaft, der kleine Hafen im Dunst weißer, durchsichtiger Wolkenschleier, die träge dahinzogen. Wochenende!

Weiterfahren nach Stralsund wollte er, in diese alte, geschichtsträchtige Stadt mit einer wiederbelebten Kaffeerösterei, einem elegant-rustikalen Hotel nebst Restaurant in einem ehemaligen, äußerst geschickt restaurierten Haus der Hansezeit, unweit eines ehemaligen Klosters und des Hafens. Bummeln wollte er, die Zeit in Ruhe dahinströmen lassen, unabhängig davon, wie viele Stunden vergehen würden. Wenn ihm danach war, wollte er die Heimfahrt antreten.

Am späten Nachmittag hatte er sich satt gesehen, leicht ermüdet, auch in den Füßen. Dieser Ausflug hatte ihm gut getan. Er näherte sich seinem Auto, stieg ein, ließ sich mit einem Seufzer in das Polster fallen und startete. Kurz hielt er noch an einem ländlichen Hofladen, um sich mit einigen Erzeugnissen aus der Region einzudecken.

Bei Einbruch der Dunkelheit erreichte er sein Zuhause. Während des ausgedehnten Ausflugs hatte er zu ahnen begonnen, dass die Verarbeitung seiner Trennung noch nicht abgeschlossen war.

Zwei Bücher ähnlichen Inhalts und die Arbeit an seiner Skulptur hatten ihn zu dieser Erkenntnis gebracht, beide ihn in Spannung versetzt, das eine Buch zum zweiten Mal.

In der städtischen Bücherei hatte er es gegriffen, ohne besonders auf den Inhalt zu achten, nur aufgrund des Titels „Liebeswunsch". Nach einigen Seiten war ihm klar, dass er es bereits kannte. Er las weiter.

Der andere Titel stand seit kurzem auf der Bestsellerliste: „Die Liebe in groben Zügen." Treffend, sehr treffend, dachte er. In groben Zügen kennen wir vielleicht die Liebe – oder verschiedene Lieben zu verschiedenen Lebenszeiten und in unterschiedlichen Situationen wie auch Formen. Ein Thema, das ihn unbewusst wohl beschäftigte.

Genieße die Zeit, so lange du sie noch hast, hatte ihm kürzlich eine Bekannte gesagt. Er griff diesen Satz auf. Zeit spielte eindeutig eine erheblich wichtigere Rolle als früher. Genossen hatte er das Leben schon immer, bei aller Nachdenklichkeit. Die Zeit spielte dabei eher eine Nebenrolle, nicht jedoch sein Tempo, das enorm war.

Zuhause angekommen, öffnete er die Tür, trat ein und fühlte sich wohl. Eingerichtet nach seinem Geschmack, der auch der seiner ehemaligen Partnerin war und zu keinerlei Schwierigkeiten beim Einzug vor vielen Jahren geführt hatte. Jeder hatte seinen Teil der Einrichtung beigesteuert, Max erheblich mehr.

Er hatte sich im Lauf seiner Jahre als Single darum gekümmert, wollte in gepflegter Atmosphäre leben. Das Mobiliar, eine Mischung aus wenigen antiken Schränken und modernen Stücken, wertvollen Teppichen sowie abstrakten Originalgemälden und Collagen einer langjährigen Freundin, gaben der Einrichtung einen großzügigen, kultivierten, warmen Charakter.

Licht, Luft und freier Raum waren notwendig für ihn. Nie mehr wollte er so beengt leben wie in seiner Kindheit, lange Zeit mit einer fünfköpfigen Familie in einer Zweizimmerwohnung mit Wohnküche und der Toilette auf dem Flur hausend. Es war in den Jahren nach dem Zweiten Weltkrieg.

„Liebeswunsch" kam ihm erneut ins Gedächtnis. Vielleicht war dieser Wunsch der Quell seiner unruhigen Stunden, die ihn hin und wieder in eine leicht melancholische Stimmung versetzten. Sie hielt Gottlob nie länger an.

Noch während Max daran dachte, zweifelte er. Vielleicht war es eher der Wunsch nach einer toleranten Gemeinsamkeit mit einer Frau an seiner Seite und viel Eigenständigkeit für jeden. Er vermutete allerdings, damit einer Illusion aufzusitzen. Weder Freunde noch Bekannte aus seinem Umfeld oder aus Erzählungen hatten dieses Ziel auf lange Sicht realisieren können.

Zunehmende Eintönigkeit trotz aller Abwechslungen durch Reisen beispielsweise war die Folge und führte zu Trennungen. Das Aufrechterhalten der Ehe oder Partnerschaft, begleitet von Resignation, war eine Alternative, die viele aus Angst vor einer Zukunft alleine offensichtlich wählten und dabei ziemlich unglücklich waren.

Nach dieser Exkursion ins Private landete er wieder bei seiner beruflichen Tätigkeit, dem Auf und Ab der letzten drei Jahre.

Sein Resümee: Wenn sich eine Tür schließt, öffnet sich oft eine andere. Einige Projekte waren verloren gegangen. Andere Bereiche hatten sich dafür aufgetan. Sie glichen die finanziellen Einbußen nicht aus, verschafften aber Zugang zu neuen Bereichen.

Die Bildhauerei zählte auch dazu. Dabei fühlte er sich wohl. In tiefer Konzentration und gleichzeitig entspannt schuf er Formen, schöpfte aus seinem Inneren.

Die Arbeit an seiner letzten Skulptur zeugte davon. Geschaffen in der Schweizer Bergwelt, trug sie zunächst den Titel „Ruhe". Der Dreiklang seiner bisherigen Skulpturen – Kraft, Wandlungen, Ruhe – gefiel ihm gut.

Trotzdem war er nicht zufrieden. An der letzten arbeitete er in den Schweizer Bergen, an der Seite Ruths. Ihre Gegenwart tat ihm gut. Sie hatten sich einen Platz nebeneinander gesucht und tauschten oft ihre Gedanken zur eigenen wie zur Arbeit der anderen aus. Und Max spürte: Etwas stimmte nicht. Die Skulptur war nicht abgeschlossen.

Schließlich erkannte er den Mangel. Von Ruhe in ihm konnte keine Rede sein.

Erneut arbeitete er am Stein, immer wieder innehaltend, ihn betrachtend. Seine Hände glitten über raue und glatte Flächen, betasteten sie, Fingerkuppen und Blicke überprüften einzelne Stellen und Adern, die sich durch den Marmor zogen. Vertiefungen, „wunde" Stellen im Stein hatte er bisher kaum als solche wahrgenommen, geschweige denn bearbeitet. Aus unerfindlichen Gründen rührte er nicht daran.

Plötzlich kam die Erkenntnis und Eingebung: Diese Stellen zeigten Verwundungen, Verletzungen in ihm selbst. Ohne zu zögern, gab er der Skulptur einen neuen Namen: Ruhende Verletzungen.

Während er ruhig und nachdenklich vor dem Stein stand, fühlte er einen warmen Strom von Energie durch seinen Körper fließen. Seele und Geist reagierten mit Zustimmung.

Ähnliches widerfuhr ihm bei seiner anderen Skulptur „Wandlungen". Sein innerer Prozess verlegte sich nach außen auf seine Arbeit. Wochenlang rührte er den Stein nicht an, dann mit einem Mal umkreiste er ihn, zögerlich, unruhig, spürte bisher unbearbeitete Stellen auf, begann mit der Arbeit.

Aus einem graugrünen Dolomit war ein Block mit Vertiefungen und Erhöhungen entstanden, der Ähnlichkeit mit einer Gebirgslandschaft zeigte. In vielen Monaten hatte der Stein mehrfache Wandlungen erfahren, war aber immer noch nicht bei seiner endgültigen Gestalt angekommen. Er würde sich in nächster Zeit erneut mit ihm befassen.

Er kannte solche schwierigen, unruhigen Phasen hinlänglich aus der Vergangenheit. Die Mittel der „Bearbeitung" waren allerdings anders.

Früher konnte er stundenlang – allein in seiner Wohnung – vor sich hintanzen, nach Melodien und Rhythmen von Neill Diamond, Mikis Theodorakis und den Abbas beispielsweise, bis er sich schließlich, erschöpft und schweißnass, in den Sessel fallen ließ und einen Wein trank.

Oft blieb es nicht bei einem Glas.

Die Dinge sind in Bewegung – und ich bin es auch, war damals sein Gedanke. Eines jedenfalls war regelmäßig das Ergebnis: Er tanzte sich sozusagen frei und erkannte Wesentliches, das ihm zuvor entgangen war. Schöpferische Akte waren das nach seinem Empfinden.

Es war Abend geworden. Max entzündete eine Kerze und hörte Musik von Mozart. Langsam wurden ihm die nächsten Schritte klar. Er musste und wollte noch einige Quellen dieser Verletzungen offenlegen, ehe er wirklich Ruhe finden konnte. Fragmentarisch zogen Bilder vergangener Jahre mit Dorothee an ihm vorbei. Zunehmende und schließlich gleichbleibende Sprachlosigkeit auf beiden Seiten prägten den Verlauf.

Er konnte diesen Mangel nicht mehr kompensieren. So weit reichte sein Vermögen nicht. Die Erinnerungen schmerzten noch immer, obwohl sie auf ein Minimum reduziert waren. Max war für einen flüchtigen Moment den Tränen nahe. Etwas Trauer erfüllte noch seine Seele.

Er war müde geworden, sehnte sich nach seinem Bett und einem erholsamen Schlaf. Davor erledigte er noch sein kleines Stretching-Gymnastikprogramm, um einigermaßen gelenkig zu bleiben und die Folgen eines Sturzes vom Baum mit komplizierten Trümmerbrüchen vor zwanzig Jahren in Grenzen zu halten. Ausgedehnte Spaziergänge im Wald zählten ebenfalls zu diesem Programm. Sie konnten die Arthrose hinauszögern, aber nicht verhindern. In letzter Zeit machten sich die Beschwerden deutlicher bemerkbar. Seine Füße und Beine bereiteten ihm Sorgen.

In wenigen Monaten wollte Max umziehen und das Haus verkaufen, in dem Dorothee und er zwölf Jahre gemeinsam gelebt hatten, er noch drei weitere allein. Seit zwanzig Jahren kannten sie sich.

Seit der Trennung hatte er Büro und Wohnung zusammengelegt. Eine einfache, zweckmäßige und kostengünstige Lösung in der neuen, ungewohnten Situation. Sein finanzieller Anteil am Hausverkauf sollte die restlichen Lebensjahre sichern.

Regelmäßig informierte er sich nun im Internet über den lokalen Immobilienmarkt. Seit den Nachwirkungen der weltweiten Finanzkrise suchte er einen fließenden Übergang und Weg in den Ruhestand.

Das Ziel, Schritt für Schritt weniger zu arbeiten, war alles andere als einfach zu erreichen. Ihm wurde deutlich, wie sehr er sich über seine Arbeit, die er liebte, identifizierte. Notgedrungen leitete Max eine harte Sparpolitik mit tiefen Einschnitten und einer Verlagerung seiner Schwerpunkte ein. Es war ohnehin an der Zeit. Die neuen IT-Techniken waren weitgehend über ihn hinweggerollt, nachdem sein

Sohn nach sechsjähriger Zusammenarbeit eine neue Aufgabe im Kommunikationsbereich eines Verbandes angenommen hatte und ihn von diesem Teil der Arbeit nicht mehr entlasten konnte.

In den von ihnen betreuten Unternehmen waren darüber hinaus zu einem Teil jetzt jüngere Manager am Ruder. Das aufgebaute und seit Jahren sehr gut funktionierende Netzwerk begann zu bröckeln.

Viele waren bereits in Pension gegangen. Plötzlich waren alte Bekannte telefonisch nicht mehr zu erreichen und er bekam die Auskunft, sie seien pensioniert. Die Reihen lichteten sich zunächst unmerklich, nach und nach deutlich. „Abschieds-Mails" erreichten ihn.

Am deutlichsten bemerkte er diese Veränderungen bei Workshops und Kongressen sozusagen gebündelt, wenn altbekannte Gesichter fehlten. Ein eigenartiges, bedrückendes Gefühl.

Mittlerweile zählte er zu den wenigen Alten, die solche Veranstaltungen noch wahrnahmen. Ein Vorteil war, dass er erheblich jünger geschätzt wurde; und ein Glück, dass es ihm nach wie vor leicht fiel, auf andere zuzugehen und Kontakte zu knüpfen.

Dennoch: Die Glanzzeit neigte sich dem Ende zu. Er versuchte sich darauf einzustellen. Von befreundeten Managern, jetzt im Ruhestand, hatte er gehört, dass sie nach dem Ausscheiden aus ihrem Unternehmen spätestens nach einem halben Jahr aus sämtlichen Netzwerk-Dateien gestrichen waren. Den meisten setzte es hart zu. Von jetzt auf gleich waren sie „out".

Andere sahen mit großer Unruhe ihrer in ein, zwei Jahren bevorstehenden Pensionierung entgegen. Ein Mann, den er sehr schätzte, litt unter ständigen Budgetkürzungen durch die zunehmende Konzentration auf Brüssel. Das Geld floss jetzt überwiegend dorthin, die Bedeutung Deutschlands im europäischen Verbund sank.

Auch der Charakter der Kommunikationsarbeit veränderte sich. Notwendige Dialogarbeit mit Meinungsmultiplikatoren musste hinten anstehen, Events rückten nach vorn und natürlich die neuen IT-Techniken.

Persönliche Begegnungen und Dialoge zu problematischen Themen blieben weitgehend auf der Strecke, obwohl das Management ständig auf Reisen war, hierhin und dorthin hetzte.

Terminabsprachen sogar für Telefongespräche waren inzwischen an der Tagesordnung. Es war kaum noch möglich, spontan jemanden anzurufen oder besser gesagt, zu erreichen. Vor allem nicht im

Festnetz. Zum Hörer wurde immer seltener gegriffen. E-Mails hatten – bei allen Vorteilen – das Telefonieren extrem reduziert.

Irgendwie aberwitzig, dachte Max. Obwohl wir über Kommunikationsmöglichkeiten und -techniken in einem nie gekannten Ausmaß verfügen, wird die direkte, persönliche Kommunikation übers Telefon oder das persönliche Gespräch „von Angesicht zu Angesicht" immer schwieriger, verkümmert oft geradezu.

Sprachliche Veränderungen trugen bei Max genauso dazu bei, sich hin und wieder als Fossil einer vergangenen Zeit zu fühlen. Der Gebrauch der englischen Sprache nahm zum Teil absurde Formen an.

Kürzlich hatte er zum Beispiel in einem biederen Dorf bei einem kleinen Obst- und Gemüsehändler in der Auslage das Schild entdeckt: „Go fresh". Er empfand dieses Getue einfach als deplatziert und lächerlich und weigerte sich, auf diesen Zug aufzuspringen, obwohl er Englisch leidlich gut sprach.

Der Herbst machte dem Winter Platz. Mit gepuderten Dächern, überzogen von weißem Raureif. Mit von Frost dumpfen, welken Blättern an Büschen und Bäumen. Mit glitzernden Eiskristallen auf kleinen, gefrorenen Pfützen. Und mit Winterkleidung, in die die Menschen schlüpften. Dann kamen die ersten wirklich kalten Tage mit starken Minustemperaturen. Eis bildete sich auf Tümpeln, Seen und Flüssen. Als sie zugefroren waren, zogen die ersten Jugendlichen, warm verpackt, auf Schlittschuhen ihre Runden. Erwachsene folgten.

Max hatte sich einen ausgedehnten Spaziergang vor seiner Haustür im winterlichen Wald am See vorgenommen. Am Sonntagmorgen zog es ihn hinaus. Das bunte Treiben sah er sich in Ruhe an, ehe er nach einer Stunde Wegs wieder zu seinem Auto ging.

Kleine Gruppen versorgten sich mit Punsch, den sie in ihrem Gepäck mit sich führten. Eine heitere Stimmung hatte sich der Menschen bemächtigt.

Bei diesem Anblick überkam ihn leichte Melancholie, aber er fing sich wieder recht schnell. Er musste sich nur an die letzten Jahre seiner Partnerschaft erinnern, um ernüchtert in die Realität zurückzukehren.

Noch so winterliche, heimelige Stimmungen oder heitere Sommertage konnten die oft gedrückte Atmosphäre nicht verbessern oder gar auflösen. Die dann eingetretene Einsamkeit zu zweit war weitaus schwerer zu ertragen als ein ungestörtes

Alleinsein. Daran musste Max denken, als er den Wagen startete, um nach Hause zu fahren.

Dort angekommen, entschied er sich für ein Feuer im Kamin. Trockenes Holz war vorhanden. Er schichtete es auf, zuerst kleine, dann große Holzscheite und zündete sie an.

Er setzte sich, blätterte in verschiedenen Büchern, die wie immer griffbereit auf dem Tisch lagen, um sich je nach Stimmung in eines zu vertiefen.

Das hielt er seit vielen Jahren so. Parallel las er die unterschiedlichste Literatur. Nur selten beschäftigte er sich ausschließlich mit einem einzigen Buch.

Das Feuer im Blick, das Prasseln im Ohr, ein Glas Wein für Gaumen und Gemüt vor sich, verbrachte er den Abend. Er nahm nicht wahr, was er las, schweifte vielmehr ständig mit seinen Gedanken ab.

Langsam gewöhnte er sich an den neuen Rhythmus. Sein Leben nahm einen anderen Charakter an. Gleichzeitig wusste er dieses langsame Hinübergleiten sehr zu schätzen. So hatte er Zeit, sich mit der ungewohnten Situation anzufreunden und die Schwerpunkte seiner Arbeit anders zu setzen.

Der Alltag hatte sich gewandelt. Er reiste nur noch wenig, verpflegte und bekochte sich selbst mit viel Freude daran. Kochen hatte er in seiner Jugend gelernt und eine Begabung dafür. Es ging ihm leicht von der Hand, sein Repertoire, eine Mischung zwischen italienischer, französischer und südbadischer Küche, sorgte für entsprechende Abwechslung. Ab und zu lud er Freunde ein.

Für das Sauberhalten von Wohnung und Büro hatte er eine Haushalthilfe, die zweimal wöchentlich für Ordnung sorgte.

Seine engste Mitarbeiterin, seit zwanzig Jahren an seiner Seite und längst mit ihm befreundet, hatte die weitreichenden Turbulenzen überstanden, musste sich wie er umstellen. Immerhin – es war ihnen im Gegensatz zu vielen anderen Menschen vergönnt, noch immer zu arbeiten und nicht schon Jahre vor Erreichen der Altersgrenze in Pension zu sein, überflüssig, abgeschoben, zum alten Eisen zählend.

Seit seiner Jugend arbeitete Max diszipliniert, mit hoher Leistungsbereitschaft und umsichtig. Schon frühzeitig achtete er unbewusst auf den Wechsel zwischen Anspannung und Entspannung. Darauf, dass er sich zurückziehen konnte, sei es in die Musik, Literatur oder in die Natur. Bei diesem Verhalten blieb er auch, als sich vor Jahrzehnten erste Erfolge einstellten und sich andeutete, dass er Karriere machen würde.

Sich auf ein fernes Ziel zu fixieren, entsprach nicht seiner Art. Vielmehr ging er Schritt für Schritt seinen Weg. Das Tempo war erstaunlich. Neugierig, ehrgeizig und engagiert, die Augen offen haltend für Möglichkeiten.

So beispielsweise, als ihm sein Arbeitgeber zusätzliche, reizvolle Aufgaben mit erheblichen Chancen anbot, seinen Blickwinkel zu erweitern und Neigungen nachzuspüren, die in ihm schlummerten. Sie führten ihn hinaus in die Welt, wenngleich zunächst in eine sehr begrenzte.

Dennoch! Es war ein erster entscheidender Schritt, ein Weg, den er instinktiv einschlug, der ihn lockte.

Seine ausgeprägte Neugier kam ihm zugute. Er konnte Kontakte zu ungewöhnlichen Menschen knüpfen. Solche Begegnungen sollten ihn sein Leben lang begleiten und waren für ihn letzten Endes von unschätzbarem Vorteil. Er begriff nach einiger Zeit ihren hohen Wert.

Referenten beispielsweise, die er verpflichtet hatte, lernte er auf seinen Begleittouren näher kennen, sie und ihre zum Teil wagemutigen Pläne. Max war im sogenannten Kulturbetrieb gelandet, in der Zusammenarbeit mit Kulturwerken im Auftrag seiner Zeitung.

Nach wenigen erfolgreichen Jahren war jedoch kein Weiterkommen mehr möglich. Ein beruflicher Wechsel stand an. Max hatte Angebote von München über Stuttgart bis nach Hamburg.

Die Wahl fiel schwer. Schließlich entschloss er sich für eine bekannte Werbeagentur in Stuttgart. Dort sammelte er nützliche Erfahrungen, wie die, dass er in einer Werbeagentur falsch platziert war.

Er ging seine Schritte weiter wie auf einer Leiter, die nach oben führt, auch geografisch. In sechs Jahren von Freiburg über Stuttgart und Heilbronn nach Hamburg, der Pressemetropole im geteilten Deutschland.

Zwei Jahre wollte er aufgrund der Prognosen bleiben, die Freunde und Bekannte stellten: dass im Norden nicht gut zu leben sei angesichts des spröden Menschenschlags. Er zweifelte diese Vermutungen allerdings an und vertrat die Auffassung, Kontakte zu knüpfen hänge auch mit einem selbst zusammen, mit der eigenen Kommunikationsfähigkeit und Neugier.

Aus zwei geplanten Jahren waren inzwischen

vierzig geworden. So lange lebte er nun schon in und bei Hamburg. Nie hatte er den Wechsel vom Südwesten Deutschlands in den Norden und den beruflichen Aufstieg bereut. Auch nicht den späteren Sprung in die Selbständigkeit vor fünfunddreißig Jahren.

Manches Mal beschlich ihn allerdings leichtes Heimweh. Vor allem bei Gedanken an das milde, fast italienische Klima seiner Heimat, den Wein, die italienisch angehauchte Esskultur mit badischer Küche.

Sie vermisste er anfangs im Norden sehr. Die norddeutsche, rheumatische Tiefebene, wie er die Nordregion nannte, war ein Niemandsland in Sachen Esskultur.

Im Laufe der Jahre änderte sich das gottlob durch den Zuzug vieler Süddeutscher und ausländischer Nationalitäten, Italiener an erster Stelle. Jugoslawen und Türken folgten und bereicherten mit ihren nationalen Kochkünsten die norddeutsche Küche und das Leben. Es wurde bunter, lebendiger, vielfältiger.

Obgleich er Nord- und Ostsee, Schleswig-Holstein und Mecklenburg-Vorpommern schätzen gelernt hatte – heimatliche Gefühle stelltten sich regelmäßig beim Besuch seiner Geburtsstadt Freiburg und der Region ein. Dorthin zog es ihn auch bei seinen Aufenthalten in der Südwestecke Deutschlands.

Jedes Mal, wenn er mit der Bahn kommend die ersten Ausläufer des Nordschwarzwaldes sah, veränderte sich seine Stimmung, wurde sozusagen weich, gepaart mit tiefer Freude an dieser Landschaft und ihren Menschen. Leben wollte er schon lange nicht mehr hier. Die Stadt war ihm trotz der vielen Studenten und bunten Vielfalt zu eng. Daran änderte auch die Nähe zu Frankreich, Österreich, der Schweiz und Italien nichts.

Er erinnerte sich an den letzten längeren Aufenthalt im winterlichen Schwarzwald. Er hatte St. Märgen auf den Schwarzwaldhöhen mit herrlichen Wanderwegen als Station gewählt.

Im Winterkleid lagen Tannenwälder und Höhen vor ihm, als er den Ort in der Zeit seiner Trennung kurz vor Weihnachten erreichte. Er stieg im gebuchten Hotel ab, packte seinen Koffer aus und ging nach unten ins Restaurant mit heimischer Küche. Sieben Tage wollte er hier allein verbringen, in sich gehen und sich emotional sortieren, mit einigen Abstechern in die nähere Umgebung, auch nach Freiburg.

Gleich nach seiner Ankunft zog es ihn hinaus in die Wälder. Bepackt mit Rucksack, Walking-Stöcken und seinem Handy, das er nur selten benutzte, machte er sich auf den Weg.

Er wollte kein Risiko bei dieser Wanderung eingehen. Dabei fiel ihm ein: Das Hotelpersonal hatte er nicht informiert. Dieses Versäumnis nahm er in Kauf. Die Sonne schien vom strahlend blauen Himmel, Schneekristalle glitzerten, ein hauchdünner Schneebelag verzuckerte die Landschaft.

Tief atmete er immer wieder die reine Winterluft ein, blieb stehen, betrachtete die Landschaft, spürte, wie er langsam ruhiger wurde, und ging weiter.

Jetzt holte ihn die Erinnerung an dieses erste Weihnachtsfest allein wieder ein. Drei Jahre war das jetzt her. Er überstand die Festtage damals überraschend gut.

Zwei Stunden dauerte seine erste Rundwanderung. Etwas müde erreichte er sein Hotel, ging früh zu Bett und verbrachte eine ruhige Nacht. Am nächsten Tag war Heiliger Abend. Als er früh morgens aufstehen wollte, verlor er sein Gleichgewicht, schwankte, ging kurz zu Boden, ehe er sich wieder aufrappelte und Tritt fassen konnte.

Dieser Sturz war wahrhaftig symbolisch. Sein Gleichgewicht war gestört. Er geriet aus dem Tritt, musste sich erst wieder fangen, um Fuß zu fassen, um den künftigen Weg zu finden. Der kurze Anfall war vorüber. Er machte ihm Angst.

Erneut ging Max hinaus in den Wald mit dieser zauberhaften winterlichen Stille. Einzelne Schneeflocken taumelten zur Erde. Es fing an zu schneien.

Der leichte Schneefall hielt den ganzen Tag an und gab dem Heiligen Abend ein festliches Gewand. Max bewältigte die Strecke ohne Mühe, entdeckte am Waldrand ein Rudel Rehe und einen Bussard, der ruhig auf einem Pfahl verharrend das Gelände beobachtete, um irgendwann seine Beute zu sichten und sich zu krallen.

Am frühen Nachmittag kehrte der Wanderer zufrieden zurück. Ein festliches Menü im Hotel und ein hübsch geschmückter Weihnachtsbaum warteten am Abend auf ihn. Sowohl Singles als auch Familien und alte Ehepaare teilten mit ihm die Gaststube. Mit einem Paar kam er ins Gespräch.

Frühzeitig ging er die paar Schritte zur Kirche, um die Mitternachtsmette zu erleben. Grüppchen hatten sich auf dem hell erleuchteten Kirchplatz gebildet. Alte Bauersfrauen standen plaudernd mit jüngeren beisammen, alle in ihrer Festtagstracht. Männer und Frauen getrennt. Ihm war, als sei die Zeit stehengeblieben. Er fühlte sich zurückversetzt in seine Jugend. Ein ungewohntes, überraschendes Bild. Seit Jahrzehnten hatte er keine Schwarzwälder Trachten mehr zu Gesicht bekommen. Der alemannische Dialekt war ihm noch weitgehend vertraut. Weihnachtslieder, die er mitsang, berührten ihn. Sie fanden offenbar direkt den Weg zur kindlichen Seele im erwachsenen Mann. Zwischendurch kämpfte er mit den Tränen. Das Krippenspiel, in dem viele kleine, aber auch größere Kinder mitwirkten, ging ihm sehr ans Herz.

Nach der heiligen Messe machte er sich auf den Heimweg. In seinem Zimmer angekommen, goss er sich einen Schlummertrunk ein, einen Oberrotweiler Spätburgunder vom Kaiserstuhl.

Die wenigen Tage vergingen mit weiteren Wanderungen, die ihm sichtlich gut taten, mit Lektüre und einem Tagesausflug nach Freiburg. Wie immer, wenn er zu einem Besuch dort war, konzentrierte er sich auf einen Bummel durch die alten Gässchen und kleinen Einkaufsstraßen in der Innenstadt, rund um das Münster, diesem mächtigen und beeindruckenden Dom.

Und regelmäßig wurde er hier von der Vergangenheit eingeholt. Die Veränderungen seiner ehemaligen Arbeitsstelle, der Badischen Zeitung im Verlag Rombach am Martinstor, beeindruckten ihn erneut. Alle Fassaden der mittelalterlichen, denkmalgeschützten Häuser waren erhalten geblieben.

Das Innere dagegen war nicht wiederzuerkennen; ausgestattet mit urigen kleinen Kneipen und Verkaufsständen, die regionale Obst- und Gemüsesorten wie auch internationale Früchte und Delikatessen anboten.

Eine der Hauptverkehrsadern durch die Stadt, die Kaiser-Joseph-Straße, hatte sich längst zu einer sehr belebten Fußgängerzone entwickelt. Hier wie in den angrenzenden Straßen, beim Rathaus und der St. Martinskirche sowie am Stadttheater hatte er seine Kindheit und Jugend verbracht.

Vieles war ihm fremd geworden. So schlenderte er durch seine Vergangenheit, um irgendwann wieder in der Gegenwart zu landen und an den Rückweg nach St. Märgen zu denken. Die Bahn würde ihn in den Schwarzwald bringen. Er stieg am Hauptbahnhof ein und ließ sich durch die Winterlandschaft fahren, betrachtete und genoss die Stimmung, ehe er auf den Bus umstieg. Weiter ging es, nicht allein durch die Landschaft, sondern mit seinen Gedanken auch in die nächste Zukunft.

Noch wenige Tage bis zur Rückreise und anstehenden Gesprächen mit Dorothee zur Trennung. Sie haben sich trotz der schwierigen Situation fest vorgenommen, möglichst ruhig und sachlich zu bleiben, um ein passables Auseinandergehen zu erreichen.

Unter großen Mühen leiteten sie diese Phase ein. Tränen wurden vergossen, Zornesausbrüche gebremst. Seufzer, Niedergeschlagenheit und Hoffnungsschimmer hat das gemeinsame Haus erlebt, bis der Tag kam, an dem Dorothee ausziehen konnte. Unmittelbar danach stand für Max der Umzug aus seinen gemieteten Büroräumen an, in denen er zwanzig Jahre verbracht hatte.

Sein Leben veränderte sich nun in mehrfacher Hinsicht. Die inzwischen sechsjährige, hervorragende Zusammenarbeit mit seinem Sohn, nach dem Studium bei ihm eingestiegen, ging zu Ende.

Er wollte sich weiterentwickeln und nach einer neuen Aufgabe umsehen. Die Suche in dieser schwierigen Zeit war von Erfolg gekrönt. Er sollte ein Social-Network für einen Verband aufbauen und die Kommunikation in diesem Bereich verantworten. Max war beruhigt, dass der Junior eine ihm adäquate Aufgabe gefunden hatte, die seinen Neigungen und Fähigkeiten entsprach.

Der Senior frühstückte in aller Ruhe, hörte die morgendlichen Nachrichten im Deutschlandfunk und widmete sich anschließend der Lektüre einiger Zeitungen. Ein Ritual seit vielen Jahren, wenn er nicht auf Reisen war. Der erste Weg führte ihn zu seinem Schreibtisch. Als Frühaufsteher begann er seinen Arbeitstag in der Regel um 7.30 Uhr.

Einzel-Coaching, seit Jahren quasi nebenbei betrieben, nahm erheblich zu. Eine Folge der nun seit vier Jahren andauernden Weltwirtschaftskrise und die dadurch ausgelösten Turbulenzen. Frustrierte Managerinnen und Manager und von der Krise ebenfalls betroffene Selbständige meldeten sich mit der Frage, ob er sie coachen könnte. Sie waren hochgradig irritiert, verunsichert und suchten professionelle Unterstützung für eine sinnvolle Neuorientierung.

Max ahnte, dass sich diese von ihm bisher am Rande betriebene Beratungstätigkeit ausbauen ließ. Diese Nische eröffnete ihm neue Chancen. Darauf würde er sich stärker konzentrieren. Das spürte er. Öfter hatte er solchen Wandel erlebt. Geduld und aktives Warten allerdings musste er noch stärker lernen.

Die verbleibenden Jahre wollte er auskosten, so lange es ihm möglich war. Am nächsten Wochenende würde der erste Advent das Kirchenjahr eröffnen, erinnerte sich Max. Das Wetter heute entsprach dem Totensonntag, der sich Grau in Grau zeigte. Sanfter Nieselregen machte die Stimmung noch trüber. Einzig die Vögel, allen voran die flinken Meisen mit ihren kurzen Flügen zwischen kahlen Bäumen und Büschen, brachten etwas Lebendigkeit in die Stille.

Das Telefon klingelte. Seine Schwägerin war am Apparat. Sie informierte ihn darüber, dass sein Bruder mit dem dritten Herzinfarkt in die Klinik eingeliefert worden und sein Leben dem Eintreffen der Rettungskräfte nach wenigen Minuten zu verdanken war.

Max war regelrecht schockiert und machte sich große Sorgen. Makaber, am Totensonntag diese Meldung zu erhalten, dachte er und hoffte, dass Friedrich, sein um acht Jahre jüngerer Bruder, noch lange am Leben bleiben würde.

Seit seiner frühesten Kindheit hatte er eine sehr labile Gesundheit. Sechs lange Monate musste er als Baby im Krankenhaus verbringen. Als Jugendlicher dann ein sehr guter Fußballer, war er gezwungen, seine große Leidenschaft Fußball wegen eines Hüftleidens aufzugeben, das letzten Endes auch zu seiner Frühpensionierung mit Behindertenstatus führte.

Lange las Max an diesem düsteren, grauen Sonntag, griff sich verschiedene Bücher, überflog manche Seiten, ohne sie richtig wahrzunehmen. Er konnte sich nicht konzentrieren. Seine Gedanken schweiften immer wieder ab. Er musste an seine Kindheit und Jugend denken.

Als er versucht hatte, gleich seinem jüngeren Bruder in einem Verein Fuß zu fassen, ihm dies aber nicht gelang. Zu eigenwillig war er. An verschiedenen Vorfällen wurde ihm das deutlich.

Etwa wenn sich die Vereinskameraden nach einem Spiel, egal, ob gewonnen oder verloren, noch zum gemeinsamen Bier trafen. Ein sogenannter Humpen machte die Runde. Jeder trank daraus und gab das große Gefäß weiter an seinen Nachbarn. Ausgetrunken, wurde es nachgefüllt und machte erneut die Runde. Witze ebenso, von brüllendem Gelächter begleitet. Gespräche konnten angesichts des Lärms nicht geführt werden.

Max konnte diesem und anderen Ritualen nichts abgewinnen und zog sich regelmäßig früh zurück – falls er überhaupt daran teilnahm.

Im Sommer bei schönem Wetter schwänzte er

öfter das Training und auch die Spiele. Nach und nach, natürlich auch aufgrund der Reaktionen seiner Kameraden, wurde ihm klar, dass er für einen Verein nicht taugte. Seine Eigenwilligkeit und Unzuverlässigkeit konnte nicht akzeptiert werden.

Das sah er ein. An seiner Einstellung und Verhaltensweise aber konnte und wollte er nichts ändern, auch nicht, als er von Fußball auf Handball umstieg und den Verein wechselte. Nach etwa drei Jahren warf er das Handtuch.

Viele Jahre später erzählte ihm sein Bruder, dass dies ein wirklich großer Tag und Trost für ihn gewesen sei, weil er sich zum ersten Mal Max überlegen gefühlt hatte.

Aus diesem Blickwinkel hatte Max noch nie sein Verhältnis zu Friedrich betrachtet. Das war ein neuer Aspekt. Und ein wichtiger dazu, stellte sich in einem längeren, intensiven und aufschlussreichen Gespräch zwischen den Brüdern heraus.

Friedrich empfand seinen großen Bruder, den ältesten unter den drei Geschwistern, als Alleskönner, der schaffte, was er sich vornahm. Die Kehrseite der Medaille wiederum war dem jüngeren Bruder entgangen: die hohe Verantwortung innerhalb der Familie, die für Max fast durchgängig ein massives Problem darstellte und ihn oft bedrückte, trotz aller Erfolge und des regelmäßigen Lobes besonders von Mutter. Sein Vater war ein eher wortkarger, in sich zurückgezogener, aber liebenswürdiger Mensch.

Auch ein trauriger Sonntag mit einer schlechten Nachricht geht vorüber. Die Woche nahm ihren üblichen Verlauf. Friedrich wurde bereits am Dienstag entlassen. So viel Kraft, Energie und Vitalität Max auch in sich hatte und ausstrahlte, seine Gedanken und Gefühle kreisten in diesen Tagen oft um sein Alter, ausgelöst vielleicht durch seinen Bruder.

Etliche seiner Interessen, das spürte Max deutlich, veränderten sich. Beispielsweise bei der Lektüre verschiedener Medien oder bei Entscheidungen, welche Kongresse und Tagungen er besuchen wollte. Themen wie Klimaschutz und der Kyoto-Prozess, bei denen sich seit Jahren nur wenig bewegte, rückten in den Hintergrund. Jahrzehnte hatte er nach seinen Kräften für Veränderungen gekämpft, nicht bei Demonstrationen, auch nicht in starren Ideologien verhaftet, wohl aber im Rahmen seiner beruflichen Möglichkeiten. Ernüchterung machte sich im Laufe der Zeit breit.

Deutliche Ermüdungserscheinungen waren die

Folge. Er hatte genug getan, war sein Gefühl. Max wollte sich nun lieber wieder stärker Menschen und ihren unmittelbaren Problemen zuwenden, die sie beschäftigten. Auch unter diesem Aspekt war die seit einiger Zeit eingeschlagene berufliche Richtung mit einer gewissen Um- oder Neuorientierung der richtige Weg.

Ihn wollte er weitergehen, sich stärker Zukunftsthemen wie dem demografischen Wandel – der ihn direkt betraf – oder dem Umgang mit Kindern widmen. Sicherlich auch beeinflusst durch seine zwei Enkel, Mädchen von zwei und neun Jahren. Zu Kindern fand er seit jeher mühelos Kontakt. Resonanz und Reaktionen waren entsprechend positiv, erfreuten und erwärmten sein Herz. Spontaneität und kindliche, ursprüngliche Lebensfreude begeisterten Max immer wieder.

In seiner nun relativ üppigen Freizeit versuchte er sich neu einzurichten und sein bisheriges Tempo etwas zu drosseln. Jetzt erledigte er öfter zwischendurch kleinere Einkäufe, anstatt sie am Wochenende zu bündeln. Arzttermine verteilte er anders als früher, zwischendurch ging er in den Wald.

Es war kein leichter Umstellungsprozess, weil die alten, jahrzehntelang gültigen Gewohnheiten bis hin zu gewissen Ritualen tief verankert waren. Dennoch tat ihm diese Entschleunigung gut. Nach einiger Zeit gelang es ihm, den neuen Rhythmus zu genießen. Sein Leben war im Fluss geblieben. Das mochte er sehr. Es entsprach seiner Art.

Im Alter schloss sich jetzt der Kreis zu seinen Interessen, die er schon als junger Mensch in sich gespürt hatte, vorgelebt durch seine Mutter: Menschen kennenzulernen mit ihren Sorgen und Nöten, ihren Kümmernissen – aber noch viel stärker mit ihren Fähigkeiten, Eigenarten, Neigungen, Wünschen und Sehnsüchten. Und mit ihren zum Teil massiven Ängsten vor unbekanntem Neuen, für ihn verständlich, aber bis heute nur schwer nachvollziehbar. Sie waren für die meisten Menschen wohl die stärksten Hindernisse für notwendige Veränderungen im Leben.

Als junger Mensch hatte Max das noch nicht gewusst. Vielleicht ahnte er es, denn solche Lebensfragen nahmen ihn seit eh und je gefangen, beeinflussten stark seinen Weg, sein Verhalten und seine Handlungen. In gewisser Weise machten sie ihn auch zum Individualisten, zum unbequemen Denker innerhalb seiner Familie und Verwandtschaft, so gesellig und lebenslustig er gleichzeitig war – und von Ängsten zwischendurch ebenfalls begleitet. Sie führten bei ihm nicht zur Flucht oder langen Verdrängung. Er stellte sich ihnen und versuchte sie aktiv zu lösen.

So hatte er sich vor etwa dreißig Jahren angesichts einer tiefen privaten Krise entschlossen, therapeutische Hilfe in Anspruch zu nehmen. Zum größten Erstaunen seiner Freunde, die unisono meinten, das habe er nicht nötig, er bekäme doch alles in den Griff.

Exakt das war einer der wesentlichen Punkte, an die er herangehen wollte. Er war es leid, alles in den Griff zu bekommen, zu kontrollieren. Er spürte, welche Kraft und Energie ihn dieses Verhalten kostete und wie nutzlos es oft war.

Aus seiner Karriere als Führungskraft in Unternehmen hatte er sich damals schon verabschiedet, arbeitete aber als freier Berater weiterhin für sie, losgelöst von starren hierarchischen Regeln und der langjährigen Bindung an nur eine Firma. Aufbauen wollte er und, wenn Routine überhand nahm, wechseln, neue Aufgaben wahrnehmen. Einem Selbständigen war das möglich.

Die neue Freiheit tat ihm gut, auch wenn das wirtschaftliche Risiko im Gegensatz zur festen, sicheren Anstellung damals sehr hoch war.

Das Thema Selbstverwirklichung war damals in aller Munde. Trotzdem war es ganz und gar ungewöhnlich, dass ein Managertyp wie er professionelle therapeutische Hilfe in Anspruch nahm. Der Psychotherapeut war denn auch völlig verblüfft und verunsichert.

Für Max war der wöchentliche Gang zu ihm unbekanntes Terrain. Die Ergebnisse der Sitzungen, so anstrengend sie auch sein mochten, beeindruckten Max. Neue Erkenntnisse über seinen Charakter, seine Wesensart brachten ihn weiter, der ganze Verlauf gestaltete sich sehr positiv.

In ihm wuchs die Vermutung, dass er seine neuen Kenntnisse und Fähigkeiten in seine Beratungstätigkeit integrieren und dadurch Unternehmen anders, tiefgreifender und umfassender beraten könnte. Sein Entschluss war gefasst.

Vier Jahre später hatte er eine Zusatzausbildung als Psychotherapeut in der Tasche, die er neben seinem Job gemacht hatte. Sie sollte ihm bei seinen Neigungen und Fähigkeiten sehr zugute kommen. Seine Vermutung war kein Trugschluss gewesen.

Der Norden mit der Metropole Hamburg war längst zum Mittelpunkt seines Lebens geworden. Hier fühlte er sich wohl, hatte berufliche Erfüllung gefunden und interessante Verbindungen geknüpft, Bekannte und Freunde gewonnen. Letzteres hielt sich allerdings in Grenzen. Er war zu häufig auf Reisen, die Verbindungen mussten zwangsläufig durch seine Partnerin gepflegt werden. Er bedauerte diesen Umstand, konnte daran aber nichts ändern.

Jetzt machten sich die fehlenden Freundschaften negativ bemerkbar. Er musste und wollte neue Kontakte aufbauen und hatte bereits damit begonnen. Mit erfreulichen Ergebnissen.

Wieder stand ein Weihnachtsfest vor der Tür. Wie sollte er die Feiertage verbringen? Diese Frage musste er für sich klären. Dunkel schwebte ihm ein Aufenthalt in einem Kurort vor mit der Möglichkeit, etwas für seine Gesundheit zu tun und gleichzeitig den Heiligen Abend und die Weihnachtsfeiertage in Gesellschaft zu verbringen.

Zuerst telefonierte er mit seinem Sohn, um von ihm zu hören, was er und seine Familie bis jetzt geplant hatten. Normalerweise trafen sie sich am zweiten Weihnachtstag. Dieses Treffen ließe sich vielleicht um eine Woche vorverlegen, überlegte Max, auf den vierten Advent. David war damit einverstanden.

Der Besuch wurde für Sonntag vor dem Heiligen Abend vereinbart. Er hatte David eine leicht gefüllte Flugente für das Mittagessen vorgeschlagen, mit Spätzle, Feldsalat und Rotkohl. Seine Enkelin Nele würde er schon am Freitagmittag von der Schule abholen. Sie wollte bis Sonntag bleiben, um dann mit Max ihre Familie zu empfangen.

Nele war neun Jahre alt, ein lebendiges, pfiffiges, eigenwilliges und liebenswertes Mädchen.

Gemeinsam kauften Max und Nele am Samstag auf dem Wochenmarkt ein. Er wollte die Ente dieses Mal anders füllen als sonst: mit Esskastanien, Weintrauben, Mandarinen und Datteln. Rosmarin und Beifuß sollten als Kräuter dazukommen.

Die vorbestellte Flugente mussten sie bei einem Marktstand abholen. Nele wollte beim Kochen helfen und war neugierig, was alles notwendig war, um das Essen vorzubereiten. Am Samstagabend begannen die Vorbereitungen.

Nach einer halben Stunde lagen die Esskastanien geschält auf dem Tisch, waren die Mandarinen von ihren Schalen befreit, schoben sie den lecker gefüllten Vogel in die Backröhre, um ihn auf kleiner Hitze vorzubraten. Kochen war für Max eine Beschäftigung, der er sehr gerne nachging. Gelernt hatte er es im Haushalt seiner Eltern schon als Jugendlicher. Er kochte nie nach Rezept, sondern ausschließlich nach Gefühl, auch im Alltag. „Aus der Hand" nannte er es.

Das gemeinsame Mal schmeckte allen. Nach dem Dessert herrschte rundum Zufriedenheit. Neles und Lisas Mutter war nicht mitgekommen. Sie lag erkältet im Bett. Die Kleinen und David packten deshalb für sie einiges der Mahlzeit ein. Eine liebevolle, rührende Geste, fand Max.

Der erste Schritt zur Vorbereitung des Kurzurlaubs zwischen Weihnachten und Silvester war also getan, der zweite genauso: die Suche über Google nach einem Kurort mit „Weihnachtsprogramm". Vor einiger Zeit war ihm aufgefallen, dass er interessante Städte wie Leipzig oder Dresden zwar kannte, die entsprechenden Regionen jedoch nicht. Genauso wenig wie beispielsweise den Bayerischen Wald oder die Eifel. Hier hatte er Nachholbedarf.

Die Angebotsfülle über Weihnachten und Silvester in Deutschland überraschte ihn. Schließlich entdeckte er einen Kurort in Sachsen, der ihm zusagte. Der erste Eindruck bestätigte sich, als er den von ihm bestellten Prospekt durchblätterte. Er buchte Kuranwendungen und Vollpension vom 22. bis zum 29. Dezember.

Schnee war für die ersten Tage angesagt, und so stieg er vom Auto auf die Bahn um. Die Entscheidung stellte sich als goldrichtig heraus. Als er nach Südosten fuhr, kam der Winter auf ihn zu; mit Schnee und Kälte. Die Landschaft war in winterliches Weiß gehüllt.

Beim Umsteigen, bereits im Osten, stand er mutterseelenallein auf dem Bahnhof. Ein eisiger Wind pfiff ihm um die Ohren. Er überstand die zwanzigminütige Wartezeit mit ständigem Auf- und Abgehen, warm verpackt in seinem wattierten Wintermantel und mit dem Gefühl, in der Einsamkeit russischer Weite gelandet zu sein. Dieser Eindruck verstärkte sich, als endlich der Zug mit einem uralten Triebwagen einfuhr, wie er ihn noch aus seiner Jugendzeit kannte.

Endstation war der Bahnhof, wo er wartete. Hier wurde gewendet und zurückgefahren. Zugführer und Zugbegleiterin begrüßten ihn liebenswürdig. Es schneite. Der Boden im Triebwagen war nass, rutschig und schmutzig. Die Zugbegleiterin ging nach draußen, kam zurück mit Eimer und Putzlappen, wischte und säuberte den Boden. Dann konnte Max einsteigen. Er war geradezu gerührt von dieser Szene und fühlte sich in die ärmliche Zeit der

Fünfzigerjahre zurückversetzt. Drei weitere Gäste stiegen zu, die Bahn ratterte los.

Die Vergangenheit begleitete ihn weiter. Fast alle Bahnübergänge waren unbeschrankt. Vor jedem gab der Zugführer ein lautes Hupsignal, der Triebwagen verlangsamte sein Tempo, bis er den Übergang passiert hatte. An einem offensichtlich stärker frequentierten hielt die Bahn an. Die Schaffnerin stieg aus, mit einer roten Fahne bewaffnet, überquerte den Übergang, achtete auf den stehenden Autoverkehr, winkte die Bahn heran und stieg wieder ein. Der Triebwagen startete und fuhr gemächlich seinem Ziel entgegen, das er trotz der Hindernisse pünktlich erreichte.

Max und die anderen Fahrgäste stiegen aus. Tiefer Winter empfing sie. Max erkundigte sich, welchen Weg er zur Kurklinik nehmen musste. Nach einer Viertelstunde hatte er sie erreicht. Die wenigen Geräusche während seines Fußmarsches wurden durch den Schnee gedämpft. Eine fast klösterliche Stille umfing ihn, bis ihm in der Eingangshalle an der Rezeption sein Schlüssel mit schriftlichen Informationen ausgehändigt wurde.

Der Schock traf ihn unmittelbar. Noch nie hatte er auf so engem Raum derartig viele Rollatoren, Gehhilfen und Rollstühle gesehen wie in der Empfangshalle und den Fluren, später im Speisesaal der Kurklinik – und noch nie auf solch engem Raum derart viele alte Menschen. Vorsicht, Vorsicht, ermahnte sich Max. Ich selbst zähle ja auch zu den Alten.

Er erinnerte sich an das oft gelesene und gehörte Phänomen, wonach alte Menschen sich selbst so gut wie nie, wohl aber die anderen als „alt" einstufen. Max schätzte die ihn Umgebenden und kam zu dem Ergebnis, dass sie wohl um die achtzig und älter sein mussten. Nur wenige Jüngere veränderten das Gesamtbild nicht. Der ihn umschwirrende Dialekt war unverkennbar Sächsisch. „Großer Gott, wo bin ich gelandet!", hörte er sich sagen.

Die ersten Eindrücke verstärkten sich am Abend. Er ging durch den Flur seiner Etage zum Lift. Es dauerte Ewigkeiten, bis dieser ankam. Hier war Entschleunigung zur Wirklichkeit geworden, die Geschwindigkeit wegen der alten Menschen und ihren Behinderungen erheblich verringert. Als der Lift schließlich im Untergeschoss gelandet war, stieg Max aus, um den Speisesaal aufzusuchen. Der Lärmpegel wies ihm den Weg. Die Geräuschkulisse war erheblich und die Lautstärke sicherlich zu einem Teil darauf zurückzuführen, überlegte Max, dass Schwerhörigkeit hier nicht die Ausnahme, sondern fast die Regel war. Etliche Durchgänge an den Tischen wurden durch Rollstühle blockiert, kleine Umwege mussten in Kauf genommen werden.

Abends stand ein kalt-warmes Buffet zur Verfügung. Für ihn gänzlich ungewohnte Szenen spielten sich ab, zunächst allerdings wie gewohnt anmutend. Längere Schlangen am Buffet, leichtes Gedränge.

Bei näherem Hinsehen veränderte sich der Eindruck. Viele standen vor den Speisen und konnten sich nicht entscheiden, was sie nehmen wollten. Andere beugten sich zu ihrem Partner, ihrer Partnerin im Rollstuhl hinunter, um nachzufragen, was sie ihm oder ihr reichen könnten. Neben dem Zögern gab es auch Ungeduld und Ärger zwischen Partnern, zum Teil lauthals geäußert. Dazwischen – an den Tischen – Gottlob auch angenehme Töne, heitere Gesichter und Gelächter.

Max sah sich um und suchte mit seinen Augen nach einem Platz. Schließlich sah er an einem weiter entfernten Tisch eine ältere Frau alleine sitzen. Drei Plätze waren noch frei. Freundlich bejahte sie seine Frage danach, ob er sich zu ihr setzen könne. Er stellte sich kurz vor. Langsam entspann sich ein Gespräch, überwiegend von ihr bestritten.

Nach allem Anschein hatte er ohne Absicht einen unerschöpflichen Quell von Lebenserinnerungen angezapft. Sie, eine ehemalige Lehrerin und Schulleiterin, war in der Region aufgewachsen, zur Schule und später zur Universität in Leipzig gegangen.

Leichte Verbitterung schwang bei ihren Erzählungen mit. Kein Wunder angesichts ihrer Erlebnisse während der DDR-Zeit. Inzwischen war sie Anfang achtzig und alleinstehend. Ihr Mann war vor langer Zeit gestorben und ihr sechzigjähriger Sohn, ab dem vierten Wirbel gelähmt, lebte verheiratet in der Nähe. Diese Lähmung war eine Tragödie. Als Vierzehnjähriger war er beim Baden in einem See verunglückt.

Die ganze Familie, es gab noch einen zweiten Sohn, erlebte bittere Jahre. In der DDR gab es keine Häuser mit Aufzug, keine Spezial-Kliniken für solche Verletzungen, keine entsprechenden Therapiemöglichkeiten. Auch keine Rollstühle.

Einen solchen besorgten sie sich über private Verbindungen und den darüber vermittelten Kontakt zu einer gemeinnützigen Organisation in der Bundesrepublik. So wurden sie schließlich Besitzer eines Rollstuhls. Viele Jahre mussten sie den Sohn vier Stockwerke hoch und runter tragen, eine Strapaze ohnegleichen, abgesehen von den sonstigen Erschwernissen, welche die Behinderung nicht allein für den Sohn, sondern für die ganze Familie mit sich brachte.

Es war ein sehr aufschlussreiches Gespräch. In diesen vielleicht dreißig Minuten erfuhr er mehr über das Alltagsleben Behinderter in der DDR als in seinem ganzen Leben.

Nach der Unterhaltung war für ihn klar: Er würde sich während seines Aufenthaltes nicht zurückziehen und isolieren, sondern im Gegenteil den Kontakt mit den Menschen suchen. Eine bessere Informationsquelle über das Leben vor der Wiedervereinigung Deutschlands war kaum möglich. Am ersten Abend, im Bett liegend und ein Fernsehprogramm betrachtend, nahm er sich das vor.

Ein Glas Wein vermisste er. Im Speisesaal war zum Abendessen weder Wein angeboten worden, noch konnte er welchen bestellen. Das verstand er nicht. Eine Gehbehinderung zum Beispiel hatte doch nichts mit einem Verzicht auf Wein zu tun, überlegte er. Die Klinik-Atmosphäre war für ihn ohnehin sehr gewöhnungsbedürftig.

Am Tag vor dem Heiligen Abend wollte er sich noch in den Geschäften des Dorfes nach einer Flasche Wein umsehen, denn an den Feiertagen würde er gerne abends auf ein Glas zurückgreifen. Max schaltete den Fernseher aus, löschte das Licht und schlief ein.

Ruhig verbrachte er die Nacht. Als er aufwachte, konnte er sich an keinen Traum erinnern. Nach Duschen und Ankleiden begab er sich in das Untergeschoss mit Speisesaal. Die Essenszeiten waren auf den frühen Krankenhausrhythmus abgestimmt, der Saal bereits gut gefüllt.

Dieses Mal entdeckte Max einen Tisch mit einem alten Ehepaar, an dem noch zwei Plätze frei waren. So sehr er sich gestern vorgenommen hatte, den Kontakt zu suchen – es fiel ihm nicht leicht. Die Szenerie erinnerte ihn an ein Alten- und Pflegeheim.

Gedanken an die nächsten Jahre und seine eigene Zukunft überfielen ihn. Er spürte, obwohl wahrlich kein Pessimist, wie er begann, sich damit zu befassen, dass auch ihn eine schwere Krankheit oder Behinderung treffen konnte. Dagegen war niemand gefeit. Erst kürzlich hatte er mit einem Bekannten über Lebensqualität und die verschiedenen Facetten diskutiert.

Max strebte dem ausgespähten Tisch entgegen. Wieder wartete eine persönliche Geschichte auf ihn. Der alte Herr begann das Gespräch. Seine Frau saß schweigsam neben ihm. Es stellte sich heraus, dass er jahrzehntelang bei der Deutschen Reichsbahn als Handwerker angestellt war und nun seit langer Zeit im Ruhestand lebte. Seine Frau ebenfalls.

Stolz waren beide auf ihre längst erwachsenen Kinder und die Schwiegertöchter, alle zwischen fünfzig und sechzig Jahre alt. Ein Sohn war ein offensichtlich in Europa sehr bekannter Architekt, die Schwiegertochter mit dem gleichen Beruf weltweit unterwegs. Ein Enkelsohn hingegen hatte eine kriminelle Laufbahn eingeschlagen, der zweite konnte sich nicht zur regelmäßigen Arbeit entscheiden. Die Enkelkinder waren als Babys adoptiert worden, weil eigene Kinder nicht möglich waren.

Der alte Herr bestritt das Gespräch. Seine Frau machte einen abwesenden Eindruck. Einen Tag später traf Max ihn allein im Park und sprach ihn an. Wieder erzählte der freundliche, pensionierte Handwerker – das Gleiche wie am Vortag.

Max durchfuhr der Gedanke, ob sich seine Schilderungen in einigen Jahren wohl auch in Wiederholungen erschöpfen würden? Nach kurzem Zögern streifte er ihn ab. Ständig diese Rückschlüsse auf das eigene mögliche, künftige Leben! Das war zuviel des Guten. Er hatte genug davon.

Genieße die Zeit, so lange du sie noch hast und genießen kannst, sagte er sich.

Er ging in den dunklen Abend hinaus. Das Wetter hatte umgeschlagen. Es taute. Schnee tropfte von den Dächern, auf Straßen und Gehwegen bildeten sich große Pfützen. Bei diesem aufgeweichten Boden und Matsch würde es nichts mit großartigen Wanderungen werden. Der Not gehorchend würde er sich eben an gepflasterte Wege im Kurort halten.

So vergingen die wenigen Tage zwischen Weihnachten und Silvester mit Spaziergängen im Kurpark und Ort, einer unterhaltsamen Veranstaltung mit Kaffee und Kuchen im Kurhaus, mit Gesprächen und heilsamen Anwendungen, die ihre wohltuende und positive Wirkung nicht verfehlten. Jeden Tag schwamm er etwa eine Stunde im beheizten Schwimmbad. Sein Fuß wurde beweglicher, sein Schritt leichter, die Mühe geringer – und seine Freude größer. Er nahm sich vor, zuhause wieder häufiger in den Wald zu gehen und Einkäufe öfter zu Fuß zu erledigen.

Den Heiligen Abend und die Weihnachtsfeiertage brachte er ohne Schwierigkeiten und Wehmut hinter sich.

Aufbruch und Heimfahrt rückten näher. Am 29. Dezember war es so weit. Max freute sich auf sein Zuhause. Das Alleinleben fiel ihm nicht schwer. Er hatte in seiner Kindheit und Jugend das klassische Rollenverständnis von Mann und Frau kaum erlebt. Oft waren die Aufgaben zwischen Mutter und Vater über längere Zeiträume vertauscht, ohne zum Problem zu werden. Insofern hatte er bis heute deutliche Vorteile im Vergleich zu anderen Männern. Er hatte ständig mit Hand anlegen müssen und war mit sämtlichen Hausarbeiten vertraut.

Das Suchen nach einer passenden Wohnung für ihn stand an. Und dazu gesellten sich wieder völlig neue Gedanken im Vergleich zu früher: Er musste berücksichtigen, dass seine Arthrose am Fuß fortschreiten und ihn in den nächsten Jahren vermutlich stärker behindern würde.

Vor zwanzig Jahren war er beim Baumbeschneiden von einer Leiter gestürzt. Eine Windbö hatte den Ast, den er absägte, gegen die Leiter geschlagen. Sie war umgekippt und Max so unglücklich auf den Steinweg gefallen, dass an seinem rechten Bein Sprunggelenk, Schien- und Wadenbein gebrochen waren. Komplizierte Trümmerbrüche! Das Ärzteteam im Provinzkrankenhaus, in das er eingeliefert worden war, brach die Operation ab, als es bemerkte, dass es überfordert war.

Max erinnert sich noch heute an die ausländische Ärztin, die ihm in gebrochenem Deutsch sagte: Wissen Sie, gibt es Briche, sind Scheiße. Und grrossse Briche, sind grossse Scheiße. Ihr Bruch grossse Scheiße. Wir Sie jetzt bringen in serr gute Klinik in Hamburg.

Das war sein Glück. Später bedankte er sich bei der Ärztin und ihren Kollegen für diese Entscheidung und Souveränität.

In Hamburg operierten sie sechs volle Stunden. Im Verlauf eines Jahres musste Max drei Operationen überstehen, sich etliche Wochen im Rollstuhl und später an Krücken fortbewegen, bis er wieder einigermaßen hergestellt war.

Ein Jahr hatte er Reiseverbot. Er überstand diese äußerst schwierige Zeit nur mit Hilfe seines Teams und seiner Partnerin, die sich liebevoll um ihn kümmerten.

Vorbei und vergangen war das alles, aber nicht vergessen. Er wollte vorbeugen und sich barrierefreie Räumlichkeiten suchen; ein Wohnbüro, in dem er mit seiner langjährigen Mitarbeiterin noch weiterarbeiten konnte. Leichter gesagt als getan.

Jeden Tag ging er Internet-Anzeigen über zu vermietende Wohnungen in seiner Kleinstadt durch. Er entdeckte zwar eine Fülle von Angeboten, aber nur selten altersgerecht gebaute oder entsprechend sanierte Wohnungen. Dieser Trend bewegte sich noch in den Anfängen. Der Unterschied zwischen öffentlicher Behandlung des Themas durch Medien und Politiker und der Realität war erschreckend.

Wohl zum ersten Mal hat der häufig benutzte Ausdruck „carpe diem", nutze, lebe den Tag, eine neue Bedeutung für ihn. War es früher eher ein Wortspiel, eine Augenblickssache, bemerkte er diese Veränderung an einer zunehmenden Gelassenheit in unterschiedlichen Situationen, in denen er stärker den Augenblick lebte, das, wonach er gerade Lust hatte – oder eben keine.

So in einem kürzlich erlebten Workshop zu einem gesellschaftspolitischen Thema, das gerade „in" war. Es ging um die sogenannten Wutbürger, eine Wortschöpfung seit den Auseinandersetzungen um den Bahnhof Stuttgart 21 und inzwischen ein gängiger Begriff in ganz Deutschland. Er verspürte keinerlei Bedürfnis, sich in die zum Teil hoch emotionalen Diskussionen einzumischen. Gespräche in kleinen Gruppen dagegen waren und sind ihm normalerweise angenehm, wie auch Zwiegespräche.

Bei „Bahnhof" musste er an seine Reisetätigkeit über Jahrzehnte denken, per Bahn und Flugzeug, selten mit dem Auto. Er erinnerte sich vieler mit großer Freude und Lust unternommener Reisen nach Italien. Er liebte dieses Land mit seinen sehr unterschiedlichen Regionen und Menschen. Es war zu einem Mittelpunkt in seinem Leben geworden.

Wie oft war er dort gewesen, vom Lago Maggiore im Norden und Milano über die Emiglia Romana und Ferrara bis nach Florenz mit der zauberhaften, gleichermaßen strengen wie melancholischen Toskana. Nach Rom und ins südliche Italien mit Neapel und nicht zuletzt die Insel Ischia führten ihn die Wege. Immer wieder, bis vor etwa vier Jahren.

Hier verweilte er nun in seinen Gedanken – und spürte, dass es ihn erneut dort hinzog. Dieses Mal wie schon vor zwanzig Jahren hauptsächlich wieder wegen der Thermalquellen und ihrer heilenden Wirkung, die er nach seinem Unfall am eigenen Leib erfahren hatte. Sein Fuß war noch sehr unbeweglich gewesen. Nach vierzehn Tagen Aufenthalt fühlte er sich wie neu geboren. Es waren nicht nur die Quellen, die diese Besserung auslösten. Die ganze Atmosphäre mit dem Temperament der Süditaliener, dem Blütenrausch und den Düften von Oleander, Zitronen- und Orangenbäumen gaben ihm ein hoffnungsfrohes Lebensgefühl zurück.

Er hatte Italien viel zu verdanken. Als junger Reiseführer während einer Kunstreise für seine Zeitung lernte er es zum ersten Mal kennen. Die Flitterwochen verbrachte er in Südtirol und Florenz. So hatte seine Liebe zu Italien begonnen.

Während des kurzen Spaziergangs in die Vergangenheit wurde der Wunsch in ihm mächtig, Ischia zu besuchen, noch in diesem Jahr, vielleicht im Spätsommer. Vorfreude machte sich in ihm breit, ja, eine leichte Aufgeregtheit. Er konnte sich nicht bremsen und suchte im Internet nach Angeboten. Eine Fülle von Möglichkeiten bot sich an.

Auch dieses Mal würde er gerne ein Hotel mit eigenen Thermalquellen buchen oder alternativ sein Domizil in Forio aufschlagen, nahe den Poseidongärten mit mehreren Thermalbecken unterschiedlicher Temperaturen und unweit des Meeres gelegen. Die Aussicht darauf beflügelte ihn geradezu. Diese Tage würden nicht allein seiner Seele gut tun, sondern mit Sicherheit seinen Füßen und seiner Beweglichkeit, seiner Vitalität schlechthin. Ein Abstecher nach Neapel, Pompei und Capri wäre ebenfalls möglich.

Max sehnte sich nach warmen, sonnigen Tagen, nach dem Frühling. Die ersten zarten Pflanzen sprossen bereits aus dem Boden, hatte er gestern bei einem Gang durch den Garten entdeckt. Es war gerade einmal Anfang Februar. Er brühte sich zwei Tassen Kaffee auf und trank sie langsam, Schluck für Schluck, begleitet von klassischer Musik. Dann zog er sich in sein Schlafzimmer zurück und las bis zum Abend.

Teil 2

Nach einer gut durchschlafenen Nacht stand er frühmorgens auf, duschte und frühstückte, dachte erneut an Italien, sah im Geiste Michelangelos David, der heute als Abguss vor dem Palazzo Vecchio und im Original in den Uffizien steht, wurde an große italienische Bildhauer und ihren geschaffenen Skulpturen, Fresken, Bauwerke erinnert, die Jahrhunderte überdauert haben und noch heute Millionen von Menschen tief beeindrucken.

Auf diesen Umwegen landete er schließlich bei seinen bescheidenen Fähigkeiten in der Bildhauerei, die ihm deutlich machte, wie sehr er mit seinen Gedanken, Phantasien und Händen gestalten konnte, verändern, erneuern, Wandlungen herbeiführen.

Zwei Frauen kannte er seit langer Zeit näher – eine war Ruth – die über das Bildhauen den Weg zu sich selbst entdeckt hatten und ihr Leben anders gestalteten, mit einer einher gegangenen Entfaltung ihrer Persönlichkeit, die Max nur als erstaunlich bezeichnen konnte. Das beeindruckte in kolossal.

Es war auch sein Thema: Entfaltung und Wandlung durch das Bildhauen hatte auch er bei sich selbst erlebt, zuletzt mit Ruth und der kleinen Gruppe im Engadin, im vergangen Sommer.

Ruth! Leichte, weiße Nebel schwebten über der Wiese vor dem talwärts gelegenen Wald, als der Morgen die Nacht verdrängte und Ruth sich in ihrem einfach möblierten Zimmer eines geräumigen Holzhauses im Engadin erhob, um den Tag zu begrüßen. Sie öffnete das Fenster, spürte die kühle Frische, die sie anwehte.

Das Fenster wieder geschlossen, bewegte sie sich auf nackten Sohlen fast unhörbar durch den Flur zur Gemeinschaftsdusche. Bald würden ihre Mitbewohnerinnen und Mitbewohner erwachen, das Haus sich mit Geräuschen füllen, die „Arbeit am Stein" ihren Fortgang nehmen.

Drei anstrengende, zufriedenstellende Tage lagen hinter ihr, der großen, kräftigen Frau mit leicht ergrautem Haar, die sich aus einer Laune heraus zu diesem Kurs angemeldet hatte. Ruth bereute diesen spontanen Entschluss nicht.

Sie fühlte sich wohl, brauchte jedoch einen gewissen Anlauf, näherte sich freundlich und aufmerksam Menschen, aber zunächst auf Distanz.

Nicht so bei Max, den sie seit langem kannte. Mit ihm war sie vertraut. Ihn hatte sie auch auf diesen Kurs aufmerksam gemacht und sich sehr gefreut, als auch er diese Reise buchte.

Jahre lag es zurück, seitdem sie mit der Bildhauerei in Berührung gekommen war. Diese handwerklich-künstlerische Beschäftigung erfüllte sie, verschaffte ihr eine Art innerer Ruhe, die sie so bisher nicht kannte.

Mitte Fünfzig suchte sie nach einer neuen Aufgabe, nachdem ihre Töchter fast erwachsen waren und in wenigen Jahren das Haus verlassen würden. Sie hoffte und wünschte sich, dass sie beim Bildhauen innere Prozesse, die sie immer wieder sehr beunruhigten, besser erkennen und letzten Endes auch gestalten könnte. Es war nicht einfach.

Massive Hemmungen behinderten ihre Entwicklung und Vitalität. Aufgeben kam für sie aber nicht in Frage. Längst spürte sie, dass Bildhauen ihr eine wichtige Entfaltungsmöglichkeit auf ihrem Weg bot, mehr Klarheit in ihr Leben zu bringen.

In der Gemeinschaftsdusche war sie zu dieser frühen Stunde allein. Sie genoss die Stille und seifte sich ausgiebig ein, ehe sie das warme Wasser lange über ihren Körper strömen ließ, mit dem sie trotz der Fülligkeit zufrieden war. Eine Rubensfigur habe ich, das stimmt wohl, dachte sie.

Zurück in ihrem Zimmer kleidete sie sich an. Auf einem kleinen Spaziergang vor dem Frühstück wollte Ruth noch die Natur genießen. So viel Trubel sie zuhause in ihrer Familie hatte, so sehr schätzte sie die Ruhe hier. Der Rundweg führte sie entlang der Wiese durch den Wald wieder zurück.

Längst war die Natur erwacht. Vögel zwitscherten und kreischten, der Nebel hatte sich gelichtet und gab den Blick auf den Mischwald und das Hochgebirge in weiter Ferne frei. Die Sonne war durch die Wolken gebrochen und ließ die bunte Blumenwiese in goldenem Licht erstrahlen.

Für ein Frühstück im Freien war es noch zu kühl. Nach und nach fanden sich alle im Aufenthaltsraum ein. Der Tisch war reichlich gedeckt, angerichtet von einer Hilfe, die für diesen Bildhauerworkshop engagiert worden war.

Eine jüngere Schauspielerin an einem kleinen Privattheater in Basel, die sich nebenbei etwas verdienen wollte. Von freundlichem Wesen hielt sie sich im Hintergrund, half unaufdringlich und nahm an den gemeinsamen Mahlzeiten teil.

Pünktlich um 9.00 Uhr sollte mit dem Bildhauen begonnen werden. Nur wenige Meter entfernt warteten die Arbeitsplätze in einem großen, offenen Schuppen, zusätzlich mit Zeltplanen überdacht, die wegen des öfter wechselnden Wetters an hohen Stangen befestigt waren, um vor Regen zu schützen. Holzböcke, bestückt mit zu bearbeitenden Steinen, von den Teilnehmern selbst ausgesucht, standen bereit. Das Werkzeug an den Arbeitsplätzen war sortiert, Marmorsplitter und -staub kündeten von der Arbeit und Betriebsamkeit der vergangenen Tage.

Alle Kursteilnehmer versammelten sich, Ruhe kehrte ein. Hannelore und Jakob, die künstlerischen Leiter der Gruppe und gleichzeitig Veranstalter, gesellten sich dazu und leiteten den neuen Tag mit einigen Gedanken zum Bildhauen ein, Gedanken zur inneren Sammlung. Nützliche handwerkliche Hinweise für einzelne Teilnehmer spiegelten die Aufmerksamkeit wider, mit der sie die Arbeiten verfolgten, ohne aufdringlich oder belehrend zu wirken. Die beiden waren sensible Beobachter und Begleiter und boten ihre Hilfe an, wenn es klemmte.

Die „Arbeit am Stein", wie diese Tätigkeit bezeichnet wurde, begann.

Ruth stand in ihrer Arbeitskluft, mit einer Schutzbrille vor den Augen, nachdenklich vor ihrem Marmor, umrundete ihn langsam, blieb stehen, fasste ihn an, prüfte manche Stelle, ging weiter, bis sie sich schließlich auf einen Hocker setzte, erneut den Stein betrachtend.

Plötzlich erhob sie sich, griff nach Stechmeißel und Hammer und begann ihr Werk, beobachtet von Max, der seinen Arbeitsplatz neben ihrem eingerichtet hatte.

Wenige Minuten später erfüllte rhythmisches Hämmern den Platz, hallte wider und schuf eine Atmosphäre emsiger Geschäftigkeit und hoher Konzentration. Die Sonne gab dem Tag einen strahlenden Anstrich, Wärme machte sich langsam bemerkbar.

Stundenlang wurde gearbeitet. Unterbrochen von kurzen Plaudereien, unruhigem oder nachdenklichem Hin- und Hergehen, Fragen an Hannelore und Jakob – und einer Kaffeepause mit regem Gedankenaustausch, gegenseitigem Betrachten der Arbeiten mit vorsichtigen Kommentaren.

Eine Glocke rief zum Essen. Gedämpft klangen die Stimmen auf dem Weg zur Mittagspause. Ruth ging gemächlich die kurze Strecke zu den im Freien aufgestellten Holzbänken und nahm Platz. Die Arbeit hatte sie hungrig gemacht. Das einfache, kräftige und sehr schmackhafte Mahl wurde unter kurzweiligem Plaudern und Gelächter verzehrt.

Danach bildeten sich kleine Gruppen, die sich austauschten. Einzelne zogen sich zurück, um allein zu sein. Es gab keinerlei Gruppenzwang. Zwölf Personen hatten sich für diesen Kurs angemeldet, eine ideale Größenordnung, Frauen wie Männer, im Alter sehr gemischt. Alle waren, bis auf Ruth und Max, Schweizer Nationalität. Er hatte vor Beginn noch einige Tage in einem Schweizer Thermalbad zugebracht.

Die zauberhafte Landschaft hatte es den Teilnehmern angetan. Ruth erfuhr nähere Einzelheiten. Wie jene, dass es einen wunderschön gelegenen Moorweiher in der Nähe gab, vielleicht eine halbe Stunde zu Fuß entfernt, in dem sich gut schwimmen ließ. Allein der Weg dorthin sollte schon ein Genuss sein. Mit Almkühen, saftigen, bunten Wiesen und einer Fülle an Gräsern und Blumen.

Ruth nahm sich vor, das angepriesene Kleinod aufzusuchen. Badezeug war nicht vonnöten, war die Information, Nacktbaden kein Problem. Der See liege abseits und einsam. Das sonnige, warme Wetter sprach ebenfalls für einen kleinen Ausflug. Ruth erkundigte sich nach dem Weg und beschloss, am

Abend zum Weiher zu gehen. Einige wollten sich anschließen, auch Max.

Die Pause zwischen dem Ende des Bildhauens und dem Abendessen bietet sich dafür an, überlegte Ruth. Sie machte sich auf den Weg, entdeckte den schmalen Pfad, der zum Weiher führen sollte, und war beruhigt, dass sie die anderen über ihre Absicht informiert hatte. Ein Handtuch hatte sie in ihrem Rucksack verstaut, den mitgebrachten Badeanzug ebenso. Sie wollte sich nicht nackt vor den anderen zeigen, die sie kaum kannte. Vor allem, da auch etliche Männer dabei waren. Das muss nicht sein, dachte sie bei sich.

Nach einer Weile wurde ihr bewusst, dass sie nicht allein war. Sie hörte Geräusche, Stimmen hinter sich – und die Almglocken der Kühe in unterschiedlichen Tonlagen, je nach Größe, einmal nah, einmal weiter entfernt, ständig wechselnd. Wie eben Kühe hin und her wandern. Das Glockengebimmel beruhigte Ruth, stimmte sie friedlich. Sehen konnte sie weder Menschen noch Kühe. Der Pfad hatte sich inzwischen zu einem breiten Waldweg erweitert, der abrupt von eben diesen Kühen gekreuzt wurde. Sie wandten kurz die Köpfe, glotzten mit ihren trägen Augen und trotteten weiter.

Eine Steigung war zu überwinden, dann trat sie auf eine Hochebene mit Baumwoll- und anderen Gräsern. Offensichtlich das Hochmoor. Die Stimmen kamen näher, bis Ruth gewahr wurde, dass Hannelore und Jakob mit dem Schweizer Ehepaar, einem heiteren Duett, und Max ihr gefolgt waren. Es war Abend, immer noch angenehm warm.

Ruth ließ sich auf einer Bank nieder und entkleidete sich langsam. Vorsichtig, um sich den Blicken nicht preiszugeben, legte sie Stück für Stück ab, das große Badetuch auf ihrer Schulter, und stieg in ihren Badeanzug. Jakob und Hannelore taten es ihr gleich.

Alle drei liefen zum Weiher und hechteten ins kühle Nass, winkten zum Ufer, drehten einige Runden und schwammen zurück, lachend und prustend. Ein schöner, lebendiger und friedlicher Anblick in dieser Abendstimmung. Max hatte sich auf eine Bank gesetzt und beobachtete diese Idylle.

Das kühle, weiche Moorwasser erfrischte herrlich. Dann ging es gemeinsam zurück. Das Abendessen wartete. Sie hatten die Zeit richtig eingeschätzt, erreichten das Haus und den Gemeinschaftsraum, als gerade eingedeckt wurde. Alle waren irgendwie erschöpft, aber bester Laune. Nach relativ kurzer Zeit leerte sich der Raum, die

Zimmer wurden aufgesucht. Die Nacht war inzwischen hereingebrochen.

Die weiteren Tage vergingen wie im Flug. Ruth arbeitete kraftvoll und zügig weiter an ihrer Marmorskulptur. Figürlich-Naturalistisches lag ihr nicht, abstrakten Formen gehörte ihre Neigung. Seit einiger Zeit bemerkte sie, dass sie sozusagen verdeckt oder hintergründig an weiblichen Linien mit schwungsvollen Formen, Rundungen, fließenden Bewegungen arbeitete.

Es war wohl neue Lust am Leben, die deutlich wurde. Ruth war tief zufrieden, vor allem angesichts der Tatsache, dass die Abstraktion in ihren Werken unterschiedliche Interpretationen zuließ und nur sie allein wusste, was sich letzten Endes dahinter verbarg.

Unermüdlich bearbeitete sie den Stein, legte nur kurze Pausen ein. Zielstrebig verfolgte sie ihre Absicht, in sieben Tagen eine fertige Skulptur zu schaffen, die dann eine Spedition nach Hause transportieren sollte. Der Plan gelang. Am siebten Tag war das Werk vollendet und Ruth zufrieden.

Am späten Nachmittag säuberten alle ihre Arbeitsplätze, räumten die Werkzeuge ordentlich zur Seite in die bereitstehenden Behälter, fegten die

Erde und stellten ihre geschaffenen Skulpturen einige hundert Meter weiter oben auf einem großen Platz mit Kieselsteinen und einem selbst gebauten Steinofen zur Schau, im Hintergrund die grandiose Bergkulisse; weiträumig aufgebaut, gut sichtbar auf den Holzböcken, die sie hergebracht hatten. Eifrig wurde fotografiert.

Es sollte ein richtiges Fest zum Abschluss werden. Mit selbst gebackener Pizza aus dem urigen Steinofen, italienischem und Schweizer Weiß- und Rotwein, Oliven und Tomatensalat, Bergkäse und Bauernwurst. Helfende Hände hatten alles vorbereitet. Zwei lange Holztische mit Bänken standen bereit. Wein wurde ausgeschenkt, selbstgebackenes Brot gereicht, die Pizzas auf einem runden Holzbrett am langen Stil aus dem Ofen geholt.

Bei diesen Düften wuchs der Appetit. Es war ein wahrhaftiges Fest für die Sinne. Nicht allein Essen und Trinken, auch die verschiedenen Skulpturen, die ausgiebig von allen besichtigt und kommentiert wurden. Ein Abschlussabend, wie er schöner nicht sein konnte. Bis in die Nacht dauerten die Gespräche.

Einen Namen für ihre Skulptur wusste Ruth noch nicht. Er würde sich ergeben. Diese Erfahrung hatte sie schon wiederholt gemacht. Im Verlauf der letzten Jahre waren neun Skulpturen entstanden, begleitet von anfänglich hoher Unsicherheit, zuweilen Unwilligkeit, schließlich Akzeptanz und Zufriedenheit. Seit kurzem verspürte sie sogar Stolz und den Gedanken, sich vielleicht doch einmal an eine kleine, eigene Ausstellung zu wagen.

Sofort zuckte sie zurück. Immerhin aber hatte sie alle Stücke inzwischen in ihrem großen Garten platziert. Ein erster Schritt, dem vielleicht weitere folgen würden. Sie sprach über ihre Gedanken mit Max, der ihr riet, das Wagnis einzugehen. Sie könnte die mögliche Resonanz im Vorwege ja testen, indem sie die Reaktionen von Bekannten und Freunden beobachtete, die sie besuchten, um so ein gewisses Bild zu erhalten.

Jedenfalls hatte Ruth einen anstrengenden, auf lange Sicht beglückenden, aber oft auch steinigen und mühevollen Weg von den ersten Versuchen bis zu den heutigen Ergebnissen hinter sich gebracht. Er erinnerte sie an Stationen ihres Lebens.

Knapp zehn Jahre waren seit ihrer ersten Begegnung mit der Bildhauerei vergangen.

Trotz der Faszination, die sie gepackt hatte, zögerte Ruth lange, ehe sie sich an den Stein wagte, Hammer und Meißel zur Hand nahm, um sich zu versuchen. Sie war damals in einer schlechten Phase, hatte in unregelmäßigen Abständen leichte Depressionen und suchte nach einem Wiedereinstieg in ihren Beruf. Sie arbeitete mit dem Stein und gleichzeitig mit ihrem Inneren.

Das Bildhauen half ihr. Davon war sie überzeugt. In anstrengenden Stunden, wenn sie mit erheblicher Kraft und Ausdauer hämmerte, meißelte, schmirgelte, den Marmorblock drehte und wendete, ihn langsam in Form brachte, sich Schweiß auf ihrer Stirn und am Körper sammelte, erlebte sie Momente der Befreiung. Leichter wurde ihr ums Herz, auch wenn solche Stimmungen nur kurz anhielten. Sie nährte in sich die Hoffnung, dass sie sich wieder einstellten und ihr Befinden für längere Zeit verbessern könnten.

Dann, nach größeren Pausen und erneuten Anläufen, stand sie eines Tages vor ihrer ersten, selbst geschaffenen Skulptur: in sich verschlungene Windungen, Andeutungen eines weiblichen Körpers. Erschauernd, fast ehrfürchtig blickte sie auf die Formen, vertiefte sich in Deutungsversuche.

Ein unerklärlich leichtes Gefühl stieg in ihr auf. Es war ihr eigenes Werk! Selbst geschaffen mit ihrer Kreativität und Beharrlichkeit, ohne Druck von außen. Geboren aus der Kraft ihrer Phantasie – und ihrem Können. Sie konnte es! Sie allein! Sie versank in einem kurzen, stillen Gebet, ehe sie sich einen Platz suchte, um sich auszuruhen. Tränen des Glücks waren über ihr Gesicht gelaufen, bis sie schließlich lächeln konnte und Stolz in sich gespürt hatte.

Jetzt, im Engadin, fielen ihr während des Arbeitens und abends, wenn sie alleine auf einem Holzpflock etwas abseits saß, bestimmte Abschnitte ihres Lebens während der letzten Jahre ein. So dachte sie an ihren Aufenthalt bei den berühmten Marmor-Steinbrüchen in Carrara. Dort hatte sie mit einer kleinen Gruppe während eines glühend heißen Sommers eine Woche verbracht, in einem vom Trubel des Tourismus und der lokalen Industrie abgeschirmten Seitental.

Diese Tage standen unter einem schlechten Stern. Konflikte innerhalb der Gruppe und mit dem Kursleiter, die nicht ausgetragen wurden, schwelten, bis sie schließlich gegen Ende des Kurses offen ausbrachen. Ruth als einzige Frau unter fünf Männern fühlte sich von Anfang an unwohl und hatte Schwierigkeiten, sich auch nur einigermaßen zu behaupten, obwohl sich alle schon lange vorher kannten und an Wochenenden in ihrer nördlichen

Heimat öfter zum gemeinsamen Bildhauen trafen. Bisher unentdeckte Eigenarten stellten sich während der sieben Tage heraus. So entpuppte sich ein älterer, pensionierter Schulleiter als Schwerhöriger, der seine Behinderung bis zum Italien-Aufenthalt tadellos kaschiert hatte.

Das künstlerische Ergebnis nach einer Woche Arbeit war spärlich und für Ruth ohne Bedeutung, ihre Erkenntnisse hingegen, bezogen auf die Gemeinschaft in dieser Gruppe, beträchtlich. Zum ersten Mal zeigten sich auch deutliche Missstimmungen zwischen dem Kursleiter und Ruth, die sich zwar früher angedeutet hatten, aber harmlos wirkten.

Die Engadiner Tage neigten sich ihrem Ende zu. Ruth fühlte sich wohl in ihrem Körper, ihrer Seele und in ihrem Geist. Die Gegenwart von Max hatte ihr wohlgetan. Zufrieden verabschiedete sie sich in heiterer Stimmung von allen und trat den Heimweg an. Einige Wochen später erhielt sie vom Schweizer Ehepaar eine Einladung zu einem opulenten Abendessen in Basel. Die ganze Gruppe würde kommen, erfuhr sie. Ruth sagte zu.

Kurz vor dem Engadiner Aufenthalt war ihr die Entscheidung auf ihre Bewerbung mitgeteilt worden. Sie konnte wieder in ihren Beruf als Ökotrophologin einsteigen, eine berufliche Aufgabe und hohe Herausforderung übernehmen. Voller Enthusiasmus reagierte sie – und ahnte, dass sie ihr zumindest die ersten Monate alle Kraft abverlangen würde.

Die Kombination zwischen der Bildhauerei und dieser sozial geprägten Arbeit erfüllte sie mit Glück. Auch in diesem Orientierungsprozess, verbunden mit Ängsten und Hoffnungen, immer wiederkehrenden Fragen nach ihren Fähigkeiten, die zum Teil bis in die Kindheit reichten, spielte das Bildhauen eine klärende Rolle.

Zurückgekehrt, nahm sie es wieder auf. Ruth kam an im Atelier, zog sich um, trat hinaus ins Freie und atmete auf. Jedes Mal genoss sie die Stille und Geräusche des nahe gelegenen Bauernhofes mit den vielen Tieren. Oft war sie allein. Ein Schlüssel, den sie erhalten hatte, verschaffte ihr Zugang zu Atelier und Schuppen. Sie ging ein paar Schritte, näherte sich dem Weidezaun, hinter dem auf einer weiten Wiese Schafe grasten, neugierige Gänse sich schnatternd und aufgeregt dem Zaun näherten, mit hoch gerecktem Hals und Kopf. Weiter hinten einige Ziegen und Rinder.

Danach schleppte Ruth den schweren Holzbock aus dem Schuppen, desgleichen den Stein, den sie bearbeitete, dieses Mal einen Granit. Das graue, harte, Jahrtausende alte Gestein war ihr Lieblingsmaterial neben Marmor und Sandstein. Granit forderte sie heraus. Sie verband damit fast automatisch Wucht, Kraft, Härte – und so arbeitete sie auch. Stundenlang. Granitsplitter flogen durch die Luft, ihre kräftigen Arme waren unermüdlich in Bewegung. Die Brille schützte sie, eine Mütze auf dem Kopf ebenfalls.

Ein mitgebrachter Picknickkorb enthielt eine Thermoskanne mit Kaffee, belegte Brötchen, Obst, Mineralwasser für Pausen, die sie zwischendurch einlegte. Sie dienten nicht allein der Erholung, sondern auch dem Reflektieren.

Ihre Stimmungsschwankungen hatten sich positiv verändert, vom oft düsteren Charakter zu mehr Leichtigkeit. Sie liebte ihre Ruhe. Wenn sie allein arbeitete, konnte sie sich gut konzentrieren. So fand sie Zugang in ihr Seelenleben und Antworten auf Fragen, die sie bewegten.

Unterstützende Hilfe erhielt sie darüber hinaus bei einem Coach. Wegen der neuen Arbeitsstelle musste das Bildhauen eine Weile hintenangestellt werden. Sie wusste, dass es ihr fehlen würde. Sie wusste auch, dass die Zeit in diesem Atelier zu Ende ging.

Teil 3

Jakob hatte sich erboten, Max' unfertige Skulptur in seinem Transporter mit auf die Heimreise zu nehmen. Er konnte sie dann in einigen Wochen in seiner Werkstatt persönlich abholen und diese Tour mit dem Auto nutzen, um seine Heimat zu besuchen und Wein einzukaufen.

Zwei Wochen später war Max bereits auf dem Weg. Nach achtstündiger Fahrt klingelte er an der Tür zu Jakobs Werkstatt. Mehrere Male, denn der Lärm der Flex, einer elektrisch betriebenen Fräse, mit der ein Stein bearbeitet wird, übertönte alles.
 Jakob zeigte Max die Werkstatt, angefüllt mit unterschiedlichsten Arbeiten von ihm und seinem Kompagnon in vollständig gegensätzlichen Stilen. Bei dieser kleinen Betriebsbesichtigung wurde Jakobs Vielseitigkeit klar. Sein Spektrum reichte von christlichen Wegekreuzen, die er im Auftrag kleinerer Gemeinden für Wanderwege schuf, über Restaurierungsarbeiten an historischen, bis zu Verschönerungen an neuen Bauten.

Während des Rundganges hatte Max die Idee, seine Skulptur, die den Transport aus dem Schweizer Engadin gut überstanden hatte, in der Werkstatt fertigzustellen. Jakob war einverstanden. Ein Quartier war schnell gefunden, Max wenig später bereits bei der Arbeit.

Sie wurde durch ein gemeinsames Mittagessen unterbrochen, das sie in einem von Jakob bevorzugten Gasthaus einnahmen. Von der Sonne gewärmt, saßen sie im Garten und ließen es sich schmecken, begleitet von einem Glas Weißwein aus der Region. Ein angenehmer Tag.

Als es auf den Abend zuging, hatte Max mit Jakobs Hilfe seine Arbeit beendet. Die Skulptur war fertig. Am nächsten Tag trafen sich die beiden nochmals, um bei einem Weinhändler einzukaufen. Danach trat Max seine Heimreise an.

Während des kurzen Aufenthaltes konnte er sich vielen Kindheits- und Jugenderinnerungen nicht entziehen, ausgelöst durch die Landschaft, durch die sie fuhren, über alte Gehöfte von Weinbauern, die er noch von früher kannte – obwohl sich vieles verändert hatte.

Wandel, wohin er sah. In den Landschaften, in Städten und Dörfern oder bei sich selbst, dachte Max. In dieser Region hatte sein Leben begonnen, im Norden würde es wohl enden. Die letzte Strecke seines Lebensweges lag vor ihm. Er wollte sie nutzen.

Das Auto mit Skulptur und Wein bepackt, mit einigen typisch regionalen Leckerbissen wie hausgemachten Würsten, Maultaschen, Schwarzwälder Speck und Bauernbrot, die er auf dem Freiburger Wochenmarkt erstanden hatte, machte er sich auf den Heimweg. Nach acht Stunden kam er zuhause an.

Aufatmend ließ er sich in den Sessel fallen, ehe er auspackte und einen guten Platz für „Ruhe", seine Skulptur, fand: auf einem schlichten, hohen, schwarzen Stahlständer mit vier Streben, neben seinem Schreibtisch, direkt vor dem großen Fenster, dessen Glasscheiben bis zum Boden reichten und den Blick in den Garten freigaben.

Früh ging er an diesem Abend zu Bett, früh stand er am nächsten Morgen auf. Zeit seines Lebens hatte er mit unterschiedlichsten Herausforderungen leben müssen und die meisten bewältigt.

Dieses Mal stand er vor einer der größten: der zentralen Frage, auf welche Art und Weise er die letzten Jahre seines Lebens gestalten wollte und auch konnte.

Die Einschränkungen waren größer geworden. Von der absehbaren Zeit, die ihm noch blieb, bis zur geringeren Gesundheit und den früher üppigen finanziellen Möglichkeiten. Er musste sich einschränken.

Das war nicht besonders problematisch. Er konnte sich schnell umstellen und neuen Situationen anpassen. Seit seiner Kindheit waren ihm solche Anpassungen in Fleisch und Blut übergegangen. So auch jetzt. Kostspielige Reisen, die viele Jahre sein Leben begleiteten, hatte er im Geist bereits gestrichen.

Wo überall war er gewesen! Nach seinem Gefühl hatte er die halbe Welt bereist, obwohl das nicht wörtlich zu nehmen war. Vor kurzem erst hatte er eine Liste erstellt, die ihn immer wieder staunen ließ. Besonders gerne erinnerte er sich an Italien. Dieses heiß geliebte Land mochte er bei allem Verzicht nicht gänzlich missen.

Vorgenommen hatte er sich, in den nächsten Jahren Deutschland besser kennenzulernen, Landschaften zu entdecken, die ihm fremd waren. Den Anfang hatte Sachsen über Weihnachten gemacht. Der Bayerische Wald stand genauso auf seiner kleinen Wunschliste. Ischia wollte er fest einplanen, ebenso wie eine Bahnfahrt nach Breslau, Kattowitz und Krakau in Polen, dem früheren Oberschlesien und Heimat seiner Vorfahren.

Seine ersten Informationen über Ischia ließen ihn vermuten, dass er preiswerte Flüge und Hotels auf der Insel finden würde. In den nächsten Tagen wollte er sich detaillierter informieren.

Das Haus musste er gut verkaufen, dachte er so bei sich, dann wäre sein Lebensabend weitestgehend gesichert. Darauf würde er sein Augenmerk legen. Auf seine Gesundheit ebenfalls.

Sein Essverhalten hatte sich überraschenderweise schon verändert. Der Fleischkonsum war merklich zurückgegangen, Saures und Scharfes wurde öfter abgelöst durch Mildes, manchmal sogar Süßes. Vielleicht war dies eine Frage des Alters, eines empfindlicheren Magens? Und vielleicht sogar eine Frage verstärkter Sensibilität und empfindsamerer Wahrnehmung?

Darüber hinaus bemerkte er, dass sich auch sein Denken geändert hatte, dass „etwas nicht sein muss", was er gerne besessen oder getan hätte. „Ich habe es lange genug gehabt", ist oft sein Fazit. So, wie mit den Reisen.

Wie dem auch sei, Ischia ließ ihm trotzdem keine Ruhe. Es war Anfang April, vor seiner Haustür spross der Frühling, in seinem Garten und der waldreichen Umgebung waren die goldgelben Winterlinge verblüht, die Forsythien gingen schon dem Ende entgegen, das leuchtende Gelb verwelkte, nach und nach fielen die Blüten ab. Die Sonne schien länger und wärmte bereits. Sein Herz öffnete sich jedes Jahr erneut beim Erwachen der Natur. Nicht mehr lange, und der Winter war endgültig Vergangenheit.

Max studierte die Angebote der italienischen Insel im Golf von Neapel und buchte schließlich für Mai ein Zimmer mit Frühstück in einem kleinen Familienhotel in Forio mit den Poseidongärten, ihren heilsamen Thermalquellen und in unmittelbarer Nähe zum Meer. Es lag sozusagen direkt daneben. Die wenigen verbleibenden Wochen vergingen wie im Flug.

Inzwischen war der Frühling voll eingekehrt, die Erde vom Laub befreit. Tulpen und Narzissen waren verblüht, violette und weiße Fliederdolden verströmten ihren betörenden Duft. Max blühte auf wie die Pflanzen, verbrachte Stunden mit Gartenarbeit, ließ sich im Liegestuhl auf der Terrasse von der Sonne wärmen. Vögel bauten ihre Nester, eines im dichten Laubwerk der Glyzinien, die am Haus hochrankten.

Endlich kam der Aufbruch nach Ischia! Früher eine Selbstverständlichkeit, war das Fliegen für ihn zur Seltenheit geworden. Streiks waren nicht angesagt, Max konnte davon ausgehen, dass sein Flug nach Neapel einigermaßen pünktlich startete. Mit einer Fähre würde er dann zur Insel übersetzen.

Pünktlich war er am Flughafen, die Abfertigung verlief zügig, die Maschine war nicht voll besetzt. Neben Max waren zwei Plätze frei. Er freute sich, dass er sich etwas ausbreiten konnte, und machte sich noch vor dem Start bereit für ein Schläfchen, eher ein Dösen. Später, über den Wolken, wollte er die Aussicht genießen, vor allem beim Flug über die Alpen. Er rückte hinüber zum Fensterplatz.

Am frühen Morgen war er gestartet, am frühen Nachmittag setzte er seinen Fuß auf Ischia. Wie vor vielen Jahren erwarteten ihn strahlende Sonne, blühende Oleanderbüsche, Apfelsinen- und Zitronenplantagen mit ihren berauschenden Düften.

Alle Angespanntheit fiel von ihm ab, stattdessen erwachte Neugier. Gelassenheit kehrte ein. Er war angekommen und würde vierzehn Tage hier verbringen, das Leben genießen, neue Eindrücke sammeln und seinem Körper Gutes angedeihen lassen. Mit einem laut tuckernden Dreirad-Taxi, die es immer noch gab, ließ er sich zu seinem Hotel fahren, stieg einige Treppenstufen nach oben, ehe er die kleine Villa betrat und in der Rezeption freundlich empfangen wurde – vom Eigentümer selbst, wie sich herausstellte.

Sein Zimmer lag in der ersten Etage, mit Blick zum kleinen Hotelpark unter und dem Meer vor ihm. Max öffnete das Fenster, trat auf den Balkon und blickte sich um. Er spürte förmlich, wie ihn Leichtigkeit durchfloss und in eine heitere Stimmung versetzte.

Nachdem er ausgepackt hatte, verließ er das Hotel und bummelte zur Promenade. Nur wenige Einheimische waren zu sehen, die Geschäfte öffneten gerade wieder. Touristen, in dieser Jahreszeit noch überschaubar, flanierten, saßen in den Straßencafés, genossen ihre Portion Eis, den Capuccino oder schon einen Wein.

Max entschied sich für ein Eis mit Kaffee und Wasser, suchte in Ruhe nach einem geeigneten Platz, fand einen kleinen Tisch, an dem eine Frau mittleren Alters einen Capuccino genoss. Er sprach sie auf Deutsch an, fragte, ob der Platz noch frei sei. Sie verstand ihn und bejahte.

Nachdem er bestellt hatte, starteten die beiden mit einem Small Talk, woher und wohin, wie lange man bleibt, wie es gefällt und so weiter. Er schätzte seine Gesprächspartnerin auf Mitte Fünfzig, mit aller Vorsicht. Er konnte nicht gut schätzen. Apart war sie, Deutsche, interessant, ausgesprochen gut aussehend nach seinem Geschmack und sehr sympathisch.

Ein angenehmes, abwechslungsreiches Gespräch entwickelte sich zwischen den beiden. Sie schien Humor zu haben und auf Ironie verzichten zu können. Das gefiel ihm. Er erzählte ein bisschen aus seinem Leben, auch darüber, was ihn nach vielen Jahren bewogen hatte, die Insel erneut aufzusuchen.

Interessiert hörte sie zu, bemerkte das eine oder andere, gab ihm zu verstehen, dass auch für sie die Insel ihre Reize habe. Sie liebte Italien und die Italiener, ihr Temperament und ihre Romantik bis hin zur dramatischen Ader. Leider kannte sie alles noch viel zu wenig, ihr Mann reiste nicht so gerne und bevorzugte nördliche Gefilde.

Bei diesem Thema verloren sie sich bald in einem ausführlichen Gedanken- und Erfahrungsaustausch. Sie plauderten über italienisches Essen und Weine, Kunst und Geschichte mit diesen unglaublichen Zeugnissen der Vergangenheit. Darüber gelesen hatte sie offensichtlich viel. So kamen sie sich näher. Es knisterte. Die Zeit zerrann, der Abend näherte sich.

Sie hatten es kaum bemerkt und verabschiedeten sich zögerlich, tauschten die Namen aus und vergewisserten sich, dass jeder sein Quartier in Forio hatte. Sie würden sich also wiedersehen. Dessen waren sie sich sicher. Und sie sagten es einander. Ulrike hieß sie.

Max bummelte gemächlich zurück, suchte noch ein Restaurant auf, um etwas zu essen. Nach Frutti di Mare, einem Meeresfrüchtesalat, stand ihm der Sinn, mit einem leichten Weißwein aus dem Piemont.

Er nahm draußen Platz, in der vordersten Reihe, und beobachtete das Treiben in der Abendstimmung. Einheimische bevölkerten jetzt Promenade und Piazza, hatten auch ihre Kinder mitgebracht. Die Erwachsenen standen und saßen in kleinen Gruppen zusammen, die Kinder spielten. Der Geräuschpegel war vernehmlich gestiegen.

Nach einer kleinen Weile servierte der Kellner das Essen. Max hatte sich ein etwas besseres Lokal ausgesucht. Kleinigkeiten, die für ihn keine waren, machten das deutlich. Die Stoffserviette, der eingedeckte Tisch mit schönem Geschirr und eleganten Gläsern.

So machte das Leben Freude, dachte er, probierte einen Schluck des bestellten Weines, leicht und frisch, bekundete sein Einverständnis. Das Glas wurde gefüllt, der Wein duftete, der Salat sah appetitlich aus, das Ciabatabrot stand vor ihm, er konnte beginnen.

Die Sonne war längst untergegangen, relativ früh hier im Süden, anders als im Norden Deutschlands. Die Wechsel von Hell zu Dunkel vollzogen sich hier schnell. Das Leben und Treiben auf der Promenade hatte weiter zugenommen. Max genoss sein Essen. Es war ausgezeichnet.

In Gedanken ließ er den Nachmittag und den Kontakt mit Ulrike Revue passieren. Es war schon etliche Zeit her, dass er ein derart angenehmes und prickelndes Gespräch mit einer Frau geführt hatte. Zum Schluss bestellte er noch ein Eis: Stracciatella, Pistazie, Vanille, und trank einen Espresso, ehe er aufbrach, um sein Hotel aufzusuchen.

Max verbrachte eine ruhige Nacht. Frühmorgens erwachte er. Er hatte bei offenem Fenster geschlafen, war gut gelaunt, obwohl noch nichts Besonderes passiert war.

Oder doch? Sofort fiel ihm seine gestrige Begegnung mit der unbekannten Frau, Ulrike, ein. Frohgemut stieg er unter die Dusche, verweilte etwas länger darunter, wechselte von heißem zu lauwarmem und schließlich kaltem Wasser, hauptsächlich seiner Beine wegen. Er trocknete sich ab und überlegte, was er heute unternehmen konnte. Zu den Thermalquellen in den Poseidongärten zog es ihn.

Er packte seine Badetasche. Badetücher stellte ihm das Hotel. Und so begab er sich in diese ausnehmend schön gestalteten Gärten mit den heißen Quellen unweit des Meeres. Sie hatten nichts von ihrem Charme eingebüßt.

Das erste Mal hatte er sie vor Jahrzehnten mit seiner ersten Frau besucht. Sie hatten gehört, dass diese Quellen stark von Italienerinnen frequentiert werden, die sich Kinder wünschten und nicht schwanger wurden. Die Quellen sollten Abhilfe schaffen. Dafür waren sie berühmt.

Man sollte es nicht glauben: Einige Zeit nach dem Aufenthalt erwarteten die beiden ein Kind. Vielleicht hat damals auch der Glaube daran geholfen, dachte Max. Egal, die Quellen in den Poseidongärten hatten ihnen jedenfalls Glück gebracht.

Wenn sich dies, nur auf andere Art, wiederholen ließe, wäre Max seinem Schöpfer dankbar. Er hoffte darauf, ohne sich zu verkrampfen, dass das heilende Wasser seine Arthrose in den Füßen mildern mochte. Nach kurzer Zeit landete er im großen Areal der Poseidongärten, löste eine Eintrittskarte und betrat das schön gestaltete Gelände.

Max ließ seine Blicke schweifen und suchte nach einem schönen Platz. Später wollte er häufiger wechseln, einige Pools mit unterschiedlichen Temperaturen und Wirkungsweisen ausprobieren. Zum Schluss winkte das Meer.

Er hatte mit diesem Wechsel damals gute Erfahrungen gemacht. Wichtig ist, erinnerte er sich, nach den Thermalquellen einige Zeit zu pausieren, ehe man ins Meer steigt. Es konnte sonst zu anstrengend sein.

An diesem frühen Vormittag war nur mäßiger Betrieb, obwohl italienische Familien die Feiertage zu nutzen schienen. Vielleicht hatten sie auch kurze Ferien. Jedenfalls waren sie bereits um zehn Uhr auf den Beinen. Ältere Semester, offensichtlich Touristen, waren ebenso vertreten, in der Mehrzahl Deutsche, ließ sich an der Sprache erkennen.

Eines, fiel ihm auf, hatte sich im Vergleich zu früher deutlich geändert: Heute waren auch die Älteren, vor allem die Frauen, farbenfroh gekleidet. Mit schicken, luftigen Stoffen in prächtigen Farben, von elegant bis frech, ja frivol.

Max suchte sich einen Liegestuhl unter einem violetten Bougainvilleabaum mit einem Oleander daneben. In den Poseidongärten gediehen auch Zitronen und Orangen. Wohlriechende Düfte wehten einen hin und wieder an, je nachdem, aus welcher Richtung der laue Wind wehte. Zikaden zirpten laut, durchdringend und rhythmisch. Max gleitete hinüber in ein leichtes Dösen, ab und zu unterbrochen von einem Blinzeln, wenn er kurz träge seine Augen öffnete, um ein Geräusch zu identifizieren.

Er erhob sich aus dem Liegestuhl und ging hinüber zu einem Thermalbecken mit sechunddreißig Grad Temperatur. Nicht nur das Thermalwasser war prickelnd, auch die Atmosphäre, empfand Max – vielleicht aufgrund seiner Begegnung, an die er ständig denken musste. Er tauchte in das warme Wasser ein, ein wahrer Genuss, schwamm langsam einige Runden und machte am Beckenrand Gymnastikübungen, wie ein Frosch auf dem Rücken, beobachtete die Menschen, blickte in den blauen Himmel und ließ die Seele baumeln.

Etwas später stieg er aus dem Pool, ging wieder zu seinem Liegestuhl. Lektüre hatte er aus Deutschland mitgebracht. Er fing an zu lesen, wurde müde und legte das Buch zur Seite, um ein wenig zu schlafen.

Mehrere Male wechselte er die Thermalbecken. Dann packte er seine wenigen Sachen und ging zum Meer, hörte die Brandung und freute sich auf den breiten, hellsandigen Strand.

Er legte sich unter einem Sonnenschirm aus Bast auf den Liegestuhl, die paarweise angeordnet waren, und genoss die Welt. Sie ist klein, dachte er, als er Ulrike entdeckte, die den Strand entlangschlenderte.

Er winkte, sie bemerkte ihn, winkte zurück und kam auf ihn zu. Die Freude war beiden anzusehen und sie begrüßten sich strahlend.

Am liebsten hätte er sie in den Arm genommen und geküsst, hielt sich aber zurück. Wie unabsichtlich berührten sie sich, spärlich bekleidet, setzten und betrachteten sich, nahmen sich anders wahr als gestern. Wieder blieb er zuerst an ihren dunkelblauen Augen hängen, dann an ihrer Stimme und ihrem Lachen. Ulrike war nicht schlank, besaß aber einen schönen Körper mit sinnlichen Formen, jedenfalls für ihn. Und gute Falten.

Er konnte den Blick kaum von ihr wenden, und wieder anders als gestern entstanden Pausen, auf beiden Seiten, ruhige, keineswegs peinliche Pausen mit ständigem Blickkontakt.

Max fühlte sich stark hingezogen zu dieser Frau. Er konnte sich nicht mehr zurückhalten, beugte sich nach vorne und küsste sie, fuhr mit seiner Zunge in ihren geöffneten Mund.

Sie erwiderte den Kuss. Seine Hände lagen auf ihren Oberschenkeln. Sie saßen sich auf den Liegestühlen gegenüber und versanken fast ineinander, bis sie sich voneinander lösten.

Nichts war stürmisch, vielmehr langsam, fast bedächtig, aber von großer Sicherheit und Ruhe, jedenfalls von seiner Seite. So, als hätte er geahnt, dass er keinen Widerstand vorfinden würde, sondern großes Entgegenkommen, Sehnsucht in ihr wie in ihm. Ulrike war brünett, so groß wie er.

Großer Gott, dachte er noch, wie jung ist sie ist, zu jung für mich – und wurde in diesem Augenblick von ihr geküsst; intensiv, fast leidenschaftlich. Mit der Hand strich sie ihm über seinen kahlen Kopf, fuhr über seinen Nacken an seinem Rücken hinunter. Er genoss ihre Aktivität und spürte die Lust, die ihn durchfloss.

Später badeten sie im Meer. Sie holte aus ihrer Badetasche ihren trockenen Badeanzug und zog sich langsam um, ein leichtes, großes Tuch als Umhang nutzend, zwischendurch den Blick zu ihm gewandt. Er konnte ihre schönen Brüste sehen und ihre Scham und wünschte sich, mit ihr zu schlafen.

Was ist in mich gefahren, fragte er sich, und beantwortete selbst seine Frage. Lust spürte er in sich aufsteigen. Sie ließ ihre Blicke über seinen Körper schweifen und lächelte. Sie legten sich nebeneinander in den weichen Sand, hörten das Rauschen des Meeres, den Wellengang, das Kreischen der Möwen und erzählten sich aus ihrem Leben.

Ulrike war verheiratet, die Kinder waren erwachsen, lebten in anderen Städten. Während sie erzählte, saß sie neben ihm und streichelte hin und wieder kurz seinen Körper. Sanft und ungeniert. Max kannte so etwas seit Jahren nicht mehr.

Ulrike auch nicht, sagte sie. Ihre Ehe war in Monotonie und Ödnis versunken, in Gewohnheiten, die sich eingeschlichen hatten und nicht mehr aufgebrochen werden konnen. Von beiden Seiten nicht. Dazu fehlte ihnen der Mut und auch der Anreiz.

Sie war total überrascht von ihrem Tun und fragte Max, ob ihn das störte, sagte ihm gleichzeitig, wie sehr ihr das gefiel und – überraschend und ganz offen – dass sie gerne mit ihm schlafen würde.

Er gestand, dass er schon am Vormittag diesen Wunsch hatte.

Kurz machte sich eine leichte Beklemmung in ihm breit. Ob es wohl klappen würde? Ob er noch konnte, sozusagen im Vollbesitz seiner körperlichen Kräfte sein würde?

Nachdem sie sich offenbart hatten, ergriff sie die pure Lust. Sie hielten sie zurück, standen auf, packten ihre Sachen und gingen ins Zentrum, um einen Kaffee zu trinken. Er war mit einer hellen Leinenhose und T-Shirt bekleidet, Ulrike mit einem gelbgrünen Sommerkleid aus fließendem Stoff, der locker am Körper lag.

Warum sie auf Ischia Ferien machte, fragte Max. Sie wollte nach dem langen und harten Winter Sonne und Wärme tanken, war ihre Antworte. Auch Lebensfreude. Und die würde sie ja nun hier gerade erleben. Während sie Kaffee tranken und sich unterhielten, waren beider Hände ständig in Bewegung, berührten sich, streichelten sich neue Lust in die Körper. Sie hielten es nicht mehr aus.

Ulrike fragte ihn rundheraus, ob er mit in ihr Hotel kommt, viele Menschen gingen dort ein und aus, sie würden nicht auffallen. Und im Übrigen sei es ihr egal. Sie brachen auf, waren in wenigen Minuten am Ziel. Ulrike ließt sich den Schlüssel geben und sie gingen hinauf.

Das Zimmer war geräumig und elegant, wirkte etwas verspielt durch einzelne antike Stücke. Sie standen eng beieinander im Raum, umarmten und küssten sich, tasteten sich ab, öffneten die Kleider, zogen sich aus, waren nackt, gingen gemeinsam zum Bett. Erneutes Tasten, erkundendes Berühren, auch an intimen Stellen, ohne Verlegenheit, aber jetzt doch etwas aufgeregt.

So spielten sie einige Zeit miteinander, entdeckten sich ein wenig. Er freute sich sehr über die Reaktionen seines Körpers. Sex beginnt im Kopf, blitzte es noch in ihm auf. Dann schliefen sie miteinander. Es war schön, für ihn kein Problem.

Sie duschten, kleideten sich an und gingen erneut in die Stadt; dieses Mal, um ein ausgedehntes Abendessen zu sich zu nehmen und einen guten Wein zu trinken. Beide waren erfüllt von den letzten Stunden und erstaunt, wie schnell sich alles ergeben hatte, wie bereitwillig sie ihren Sehnsüchten gefolgt waren. Sie waren glücklich.

Am späten Abend trennten sie sich, verabredeten sich aber für den nächsten Tag. Jeder suchte sein Hotel auf. Max schlief unruhig, wachte morgens früh auf. Die Unruhe blieb. Die Ereignisse am

Vortrag wirkten in ihm nach. In diesem Tempo und dieser Intensität war die Begegnung mit Ulrike doch eine Überraschung gewesen. Eine wunderschöne allerdings!

Der Frühstücksraum war um diese Uhrzeit spärlich besetzt. Überwiegend einzelne Personen hatten ihre Plätze eingenommen. Max entdeckte lediglich zwei ältere Paare und frühstückte in aller Ruhe. Er mochte zu Beginn seines Aufenthaltes gerne eine Inselrundfahrt nach vielen Jahren der Abwesenheit machen, merkte er. Pferdedroschken gab es sicherlich nicht mehr, mit dem Minibus zu fahren hatte er keine Lust, lieber von der Seeseite her mit dem Boot. Den Vorschlag wollte er Ulrike unterbreiten.

Sie begrüßten sich innig am verabredeten Treffpunkt, tranken noch einen Kaffee, betrachteten das Leben um sich herum. Dann rückte er mit seiner Idee heraus.

Ulrike war sofort einverstanden. Sie erkundigten sich und starteten eine Stunde später, saßen nebeneinander, ließen sich informieren und betrachteten die Schönheiten der Insel vom Wasser aus.

Den Rest des Tages verbrachte Max allein. Auch darüber hatten sie gesprochen und waren sich einig. Jeder brauchte Zeit für sich. Er hatte trotz der intensiven Begegnung mit dieser attraktiven Frau keine Neigung zu ständiger Zweisamkeit. Sie würden sich ohne Schwierigkeiten wieder auf der Insel begegnen und einiges miteinander unternehmen. Ulrike teilte seine Auffassung.

Max brachte viel Zeit in den Thermen zu, die er täglich besuchte. Seine Füße und Beine besserten sich merklich, er fühlte sich wohler, sein Gang wurde beweglicher und beschwingter.

Der Wechsel zwischen Thermen und Meer hatte es ihm besonders angetan, er genoss das Schwimmen im Salzwasser, auf dem Rücken treibend, leicht mit den Händen paddelnd. Mittags nahm er ein leichtes Essen zu sich, eher einen Imbiss, um abends ausgiebiger den italienischen Leckereien zu frönen, auch wenn er allein war.

Nach drei Tagen trafen Ulrike und er erneut aufeinander, begegneten sich morgens auf der Promenade und beschlossen spontan, dieses Mal mit einem Mietwagen die Insel zu erkunden.

Sie buchten und begannen ihre Tagesfahrt, wechselten sich am Steuer ab, so dass jeder entsprechende Muße fand, entspannt die Landschaft zu genießen.

Bei einem Zwischenstopp in einer Bar, vor sich einen Campari und ein erfrischendes Wasser, pausierten sie, plauderten ungezwungen. Das Mittagessen, Tomaten mit Mozzarella-Käse und gegrillten Sardinen, dazu einen großen, herrlich frischen gemischten Salat, nahmen sie auf der Terrasse eines Restaurants ein, die wie ein Schwalbennest über dem Meer an der Felswand klebte.

Am frühen Abend kehrten sie zurück, gaben den Wagen ab, ermüdet von vielen Eindrücken und dem ständigen Aufenthalt im Freien. Ohne Worte, in stiller Vereinbarung, schlugen sie den Weg zu Ulrikes Hotel ein und gingen auf das Zimmer, in einer Übereinstimmung, die Max beeindruckte.

Sie duschten, trafen sich nackt auf dem Bett und begannen gänzlich entspannt spielerisch zu experimentieren, steigerten sich langsam bis zum gemeinsamen Höhepunkt, der sie etwas erschöpfte.

Ulrike gab Max zu verstehen, dass sie nichts gegen einen gemeinsamen Schlaf einzuwenden hatte. Max zögerte und sagte ihr schließlich, dass er darauf verzichten wollte, weil er schnarchte und dabei ein schlechtes Gewissen bekam, sie zu stören. Sie zeigte Verständnis und schlug vor, den Tag mit einem Essen zu beschließen.

Wie es weitergehen sollte, wussten sie nicht. In den letzten Tagen sprachen sie darüber; zuerst zögerlich, dann deutlicher, direkt und offen. Die gegenseitige hohe körperliche Anziehungskraft hatte nicht nachgelassen, die geistige entwickelte sich. Viele Parallelen hatten sie entdeckt, überrascht und erfreut.

Max sprach schließlich ein Thema an, das ihn beschäftigte: den Altersunterschied. Er hatte bis heute Schwierigkeiten zu begreifen, weshalb sich Männer, je älter sie werden, umso jüngeren Frauen zuwenden – und Frauen sich von solchen Männern angezogen fühlen. Sie liegen seiner Meinung nach in ihrer Lebensgestaltung, ihren Wünschen viel zu weit auseinander.

Ulrike bestätigte seine Auffassung. Gleichzeitig meinte sie, dass sie mit sechsundfünfzig nun auch nicht mehr die Jüngste sei und Max auf sie trotz seiner körperlichen Beschwerden einen sehr vitalen, erfahrenen und reifen Eindruck mache. Für sie sei es diese Kombination, die ihn so interessant und attraktiv mache.

Sie sah ihm in die Augen, küsste ihn lange und eng an ihn geschmiegt und sagte: „Ich möchte gerne in Verbindung mit dir bleiben, in naher, wenn es dir möglich ist."

Es war ihm möglich – und sehr angenehm. Zu seiner großen Verwunderung ging es ihm ähnlich. Etwas anderes aber war ihm auch klar und wichtig, er sprach es deutlich an: Er wollte nicht mit einer Frau ständig und unter einem Dach zusammenleben. Zumindest zurzeit hatte er genug davon, vermutlich auch für länger. Er sagte es ihr, weich und liebenswürdig, aber klar.

Diese Mischung schätze sie sehr, seine Stimme und sein Lachen genauso, sagte sie. Sie war zu seiner Überraschung damit einverstanden, denn ihre Ehe wollte sie nicht verlassen. Sie verständigten sich darauf, dieses Thema zu vertiefen und zu konkretisieren, damit sie zumindest Lösungsansätze mit nach Hause nehmen konnten.

Die Tage waren deutlich wärmer geworden, die Luft abends lauer, fast sommerlich. Sicherlich noch nicht für die Italiener, wohl aber für die Deutschen. Ulrike und Max mochten die restliche Zeit intensiv nutzen und trafen sich nun bereits morgens in den Thermen.

Sie gingen auf gegenseitige Entdeckungsreise, genossen Körper und Geist, gaben sich detaillierte Auskünfte über ihr Leben. Beide würden nach Hamburg zurückfliegen, beide lebten in der Umgebung, deshalb waren die Entfernungen kein Problem. Eher die Umstände und die Frage, wie sie ihr Leben gestalten konnten angesichts dieser unerwarteten Entwicklung.

Ulrike genoss beruflich wie privat einen gewissen Freiraum, den sie schon bisher sehr selbständig nutzte. Als Betriebwirtin arbeitete sie bei einem Wirtschaftsprüfer und Steuerberater, der sie auch im Außendienst für Kundengespräche einsetzte, in den letzten Jahren verstärkt bei Existenzgründungen mit einem steigenden Anteil junger Frauen.

Einen Teil ihrer Arbeitszeit konnte sie absolut selbständig gestalten, ihre Terminplanungen ebenfalls. Dies alles schilderte sie Max ausführlich. Ohne große Schwierigkeiten würde sie Terminlücken einrichten und mit Max Zeit verbringen können.

So weit die äußeren Umstände. Sie stellte sich eine andere Frage: Wie würde sie mit der Tatsache leben können, dass sie einen Liebhaber hat, den sie ihrem Mann verschweigen muss und will? Es war für sie Neuland. Sie wusste nicht, wie sie damit umgehen sollte.

Etwas anderes dagegen wusste sie ganz genau: Hin und wieder mochte sie Max treffen. Darauf wollte sie nicht verzichten.

Ulrike und Max erörterten die Situation, fanden aber keine Lösung und beschlossen, mit einem Minimum an Vereinbarung alles auf sich zukommen zu lassen und gegenseitig so ehrlich wie möglich zu sein.

Zum Minimum zählte, dass Ulrike Max anrief, nicht umgekehrt. Daran konnte sich Max halten. Sie wiederum konnte ihn beliebig erreichen. Er hatte in seinem Haus Büro und Wohnung, war nur noch selten verreist und wenn – seine Mobilnummer kannte sie.

Nachdenklich verbrachten sie den letzten Abend miteinander. Leichte Traurigkeit lag über dem Gespräch. Max würde am nächsten Morgen sehr früh nach Hamburg zurückfliegen, Ulrike noch einige Tage auf Ischia bleiben. Eine Stippvisite nach Neapel oder Capri hatte er nicht mehr geschafft.

Eigenartigerweise war er am nächsten Morgen gut gelaunt, fast heiter. Er hatte sich in den vierzehn Tagen prächtig erholt, etwas an Gewicht verloren, gesundheitlich erhebliche Fortschritte gemacht. Er fühlte sich kräftig. Die Entscheidung für Ischia war richtig gewesen.

Dass er dabei sogar noch das Glück hatte, Ulrike kennenzulernen, war wunderschön, auch wenn er nicht wusste, wie sich diese Beziehung weiter entwickeln würde.

Der Rückflug verlief reibungslos. Pünktlich landete Max in Hamburg und fuhr mit der Bahn in seine Kleinstadt. Der Garten grünte und blühte, der Wonnemonat Mai machte seinem Namen alle Ehre. Es war später Nachmittag und sehr warm.

Max inspizierte kurz das Haus. Seine Mitarbeiterin hatte bereits Feierabend. Als Begrüßung stand von ihr ein Blumenstrauß auf dem Tisch. Er setzte sich mit einem Glas Wein in den Garten, genoss die Ruhe und das Nichtstun.

Wenn das Wetter so bleibt, dachte er, wird er Samstag oder Sonntag an die Ostsee fahren. Er saß bis in den Abend hinein, am Schluss bei Kerzenlicht, ehe er zu Bett ging. Erinnerungen an Ischia holten ihn ein, in der Nacht träumte er davon, auch von Ulrike.

Nun war er wieder zuhause. Er ließ den Tag langsam angehen, besuchte kurz seine Nachbarn, zu denen er ein sehr angenehmes Verhältnis pflegte, um ihnen ein wenig über den Urlaub zu erzählen. Mittags kaufte er ein und aß im Restaurant. Dann ging er zurück ins Büro.

Eine Woche später klingelte am Nachmittag das Telefon; Ulrike rief an. Sie war zurück und arbeitete wieder, wollte wissen, wie es Max ginge, und sagte nach kurzem Zögern, dass sie ihn gerne sehen würde, ob sich das von seiner Seite aus einrichten ließe.

Max freute sich sehr und war mit ihrem Vorschlag einverstanden. Bei aller Freude darüber war er nicht der Typ, dieses sich anbahnende Verhältnis auf die leichte Schulter zu nehmen. Was tun, war seine Frage und Überlegung. Er wusste es nicht.

Wie vereinbart stand Ulrike am verabredeten Tag um 16.00 Uhr vor der Tür. Er öffnete, sie sahen sich an, begrüßten sich zuerst mit Küsschen auf die Wangen, dann mit einer engen Umarmung. Ulrike legte ab und stand im Flur.

Ohne Worte stieg Max die Treppe hinauf zu seinem Schlafzimmer, Ulrike folgte ihm. Kein Wort wurde gesprochen. Sie zogen sich ungeduldig und nervös gegenseitig aus, dann schliefen sie miteinander, lustvoll, temperamentvoll und laut.

Danach saßen sie sich etwas verstört im Wohnzimmer gegenüber. Max überbrückte die kleine Verlegenheitspause mit der Zubereitung eines Kaffees. Sie tranken langsam in kleinen Schlucken, ehe sie unsicher und zögernd einen Gesprächsanfang suchten, um den Faden wieder aufzunehmen. Max machte schließlich mit zwei Worten, die es allerdings in sich hatten, den Anfang: „Und nun?" war alles, was ihm zur Situation und der grundsätzlichen Frage, die dahinter stand, einfiel.

Ulrike, die ein sommerlich-geblümtes Kleid mit tiefem Dekolleté trug, das ihre Brüste kaum verdeckte, lehnte sich nach hinten, schlug die Beine übereinander und lächelte Max mit ihren tiefblauen Augen an. So viel Sicherheit sie mit dieser Haltung in einer anderen Situation auch ausstrahlen mochte, jetzt wirkte sie verwirrt.

Max fühlte sich so stark von ihr angezogen wie im Urlaub, vielleicht noch stärker.

Ulrike errötete und sagte leise: „Ich habe während der Tage gespürt, dass ich nicht auf dich verzichten möchte. Vom Gespräch und Gedankenaustausch bis zum Bett genieße ich die Lust mit dir. Bisher kann ich meinem Mann ohne Schwierigkeiten unter die Augen treten. Vielleicht hängt es tatsächlich damit zusammen, dass wir uns fast nichts mehr zu sagen haben und weitgehend nebeneinander her leben."

Max konnte seine Blicke nicht von ihr lösen, berührte hin und wieder ihren nackten Arm, lehnte sich zurück, beugte sich nach vorne, bemerkte seine Unruhe.

Schließlich kamen sie überein, folgendes Experiment zu wagen: Sie wollten sich in unregelmäßigen Abständen treffen und so offen wie irgend möglich miteinander umgehen, zwischendurch darüber sprechen, wie sie diese Versuche erlebten, was sie in ihnen auslösten und bewegten. Dann verabschiedeten sie sich voneinander.

Das Leben ging weiter, wenn auch unter veränderten Umständen. Es war immer wieder voller Überraschungen.

Dazu zählte auch ein hoch interessanter, ungewöhnlicher Auftrag. Er kam so schnell, wie Max es in seinem langen Berufsleben nach seiner Erinnerung noch nie erlebt hatte.

Beim Workshop eines Bildungswerkes saß er am Mittagstisch neben einer jungen Frau. Sie kamen ins Gespräch, tauschten ihre Gedanken über ihre Eindrücke während dieser Tagung aus und waren sich in der Einschätzung weitgehend einig.

Seine Gesprächspartnerin, besser gesagt das Forschungsinstitut, bei dem sie arbeitete, war gerade auf der Suche nach einem Berater mit dem Schwerpunkt, erhebliche interne wie externe Störungen in der Kommunikation anzugehen und nach Lösungen zu suchen, dazu eine Kommunikationsstrategie zu entwickeln. Es war ein sehr interessantes Gespräch mit großer Übereinstimmung. Er äußerte sein starkes Interesse. Sie vereinbarten, in Kontakt zu bleiben.

Wenige Tage später rief sie an. Kurz darauf reiste Max in die Nähe Berlins zu einem Meeting. Vierzehn Tage später war die Vereinbarung für die Entwicklung einer Dialogstrategie perfekt.

Die Arbeit konnte beginnen. Der jahrelange Aufbau und die Pflege eines persönlichen Netzwerkes machten sich jetzt positiv bemerkbar. Darauf konnte er schnell und unkompliziert zurückgreifen.

Er traf sich mit einem Insider, der die Szenerie und Problematik, um die es ging, hervorragend kannte und ihm ganz konkret weiterhelfen konnte. Außerdem stand er als freier Mitarbeiter bei Bedarf zur Verfügung. Max spürte förmlich das Adrenalin durch seinen Körper fließen und die damit einhergehende geistige Erfrischung angesichts der Chancen und Herausforderungen.

Darüber hinaus eröffnete sich ihm schlagartig die Möglichkeit, durch diesen Auftrag ostdeutsche Provinzen kennenzulernen, was er sich schon vor einiger Zeit vorgenommen hatte. Das zu beratende Institut lag nahe bei Frankfurt an der Oder. Ein verlängertes Wochenende wäre möglich, wenn er den Termin auf einen Freitag legte.

Plötzlich stellte er fest, wie schwer es ihm fiel, mit Ulrike nicht telefonieren zu können, um ihr diese Neuigkeit zu erzählen. Wie gerne würde er ein Wochenende mit ihr in Polen verbringen.

Er freute sich darauf, von Polen und dem früheren deutschen Oberschlesien und Land seiner Vorfahren etwas mehr als nur Krakau kennenzulernen.

Etwa zehn Jahre war es her, seit er diese Stadt, jahrhundertelang Polens Königssitz und Hauptstadt, besucht hatte. Während einer stundenlangen Fahrt vom Hamburger Hauptbahnhof direkt nach Krakau wurde er stark an seine Kindheit und Jugend erinnert. Entlang der Bahngleise begleiteten ihn kilometerweit Schrebergärten mit darin arbeitenden Menschen, zum Teil ganze Familien – und Ziegen, die am Bahndamm nach spärlich wachsendem Gras suchten.

Erinnerungen an früher kamen dann auch in der Stadt selbst auf, die er entdecken mochte. Max hatte eine sehr preiswerte Wohnung in einem Altbau gemietet. Dusche und anderer bescheidener Komfort wie Warmwasser und Zentralheizung waren wohl erst kürzlich, nach dem Wegfall des Eisernen Vorhangs und bei den Vorbereitungen auf die zu erwartenden Touristen, eingebaut worden.

Krakau sei heute, las er während der Fahrt, stark von jungen Touristen frequentiert, überwiegend aus England. Während er die Stadt erkundete, vernahm er denn auch ständig englische Wortfetzen von übermütigen Jugendlichen und jungen Erwachsenen.

Ältere dagegen flanierten durch den Park entlang der Stadtmauer; viele Einheimische mit Hunden an der Leine oder frei laufend, hin und wieder von ihren Besitzern zurückgepfiffen. Solche Szenen waren ihm von früher bekannt. Sie waren meistens ein Zeichnen von Armut. Arme Leute hatten Hunde. In Krakau vielleicht noch heute.

In Hamburg war das sicherlich seltener. Dort waren Hunde oft ein Merkmal von Wohlstand; ausgiebig zu betrachten an der Außenalster, besonders an den Wochenenden oder lauen Sommerabenden. Reinrassige, elegante, ungewöhnliche Hunde, die, so albern es klingen mag, häufig ihren „Herrschaften" im Habitus ähnelten.

Schließlich erreichte Max das Florianstor und schlenderte durch Krakaus Altstadt. Er war ganz und gar verblüfft. Er hatte sich nicht besonders gut vorbereitet und musste angesichts vieler prächtiger Renaissancebauten und Kirchen unwillkürlich an Florenz denken. Fast fühlte er sich genarrt, konnte kaum glauben, was er sah.

Er setzte sich in ein Straßencafé, schlug den Reiseführer auf, blätterte und fing an zu lesen. Vom größten europäischen Marktplatz des Mittelalters war die Rede, den Tuchhallen und der Tatsache, dass in Krakau die sogenannte Goldene Zeit mit der Dynastie der Jagiellonen vom 14. bis 16. Jahrhundert zusammenfällt. Sie verbanden sich mit den mailändischen Sforzas und holten die besten mailändischen und florentinischen Künstler in die Stadt, die sie zur schönsten Renaissance-Stadt außerhalb Italiens machten.

Aha! Max' Verblüffung war perfekt. Nun begriff er, weshalb ihn Krakau so gefangen nahm. Er hatte Kaffee und Mineralwasser ausgetrunken und bestellte noch einen Campari – wollte weiterlesen, um sich nun in Ruhe auf die nächsten Stunden und Tage vorzubereiten.

Rings um ihn herum pulsierte das Leben. Übermütige junge Leute bevölkerten den Platz, alberten herum, lutschten Eis, aßen Pommes, tranken und sammelten sich um Straßenmusikanten, spendeten ihnen Beifall. Diese lockere Atmosphäre war ansteckend. Max erhob sich und bummelte ziellos durch wunderschöne alte Gassen mit bunten kleinen Läden. Kunst schien hier hoch im Kurs zu stehen.

Er betrat eine Galerie, in der polnische Nachwuchskünstler ihre Werke ausstellten. Die Wände hingen voll mit Bildern, die meisten kleinformatig und den Räumlichkeiten entsprechend.

Er ging durch mehrere kleine Zimmer, offen ineinander übergehend, die Türen waren ausgehängt. Es war eine umfunktionierte Privatwohnung. Das war deutlich zu sehen. Langsam ging er durch, betrachtete ausgiebig die Bilder.

Eine junge zurückhaltende, sehr freundliche, schwarzhaarige, schlanke Frau mit feurigen Augen fragte ihn schließlich, ob sie ihm helfen könne. Er verneinte, wollte sich nur umsehen – und kam mit ihr ins Gespräch. Sie sprach ein gutes Deutsch und erzählte ihm begeistert von der Kraukauer Kunstszene und dem vielfältigen, immer wieder überraschenden kulturellen Angebot.

Es stellte sich heraus, dass ihr die kleine Galerie gehörte, gemeinsam mit ihrem Freund. Sie studierte Kunst, hatte sich aber mutig mit ihm selbständig gemacht. Die Galerie warf nur wenig ab, aber es reichte für ein bescheidenes Leben. Sie war nicht anspruchsvoll, was Essen, Trinken und Kleidung betraf; und geduldig, bei aller Experimentierfreude und ihrem Engagement.

Drei Jahre gab sie sich, um festzustellen, ob die Galerie erfolgreich sein würde. Jolana hieß sie und hatte kurze Zeit, wie es der Zufall so wollte, in Hamburg gelebt. Ihre Sprachkenntnisse waren nicht nur das Ergebnis ihrer Hamburger Tage. In Polen lernen viele auf der Schule die deutsche Sprache, erklärte sie.

Max war gleichermaßen von ihr bezaubert wie beeindruckt und erstand schließlich zu einem sehr anständigen Preis zwei kleine Aquarelle in rot-violetten Farben, junge Mädchen, Akte, fast hingewischt, mit wenigen klaren Strichen.

Durch Jolanas Schilderungen über Krakau und seine Menschen erhielt er einen winzigen Einblick, der ihn animierte, weiter auf Erkundung zu gehen. Schließlich landete er auf dem Wawel-Hügel mit dem mächtigen Schloss. Er schloss sich einer Besichtigung an.

Auf dem Rückweg durch Altstadt und Tuchmarkt erlebte er an der Franziskanerkirche eine denkwürdige Szene. Zur Kirche führten wenige Stufen hinauf. Er traute seinen Augen kaum. Das hatte er noch nie gesehen, auch nicht in Italien.

Männer wie Frauen, mehr Ältere als Jüngere, aber eben auch die Jungen, die an der Kirche vorbeigingen, hielten an, bewegten sich zu den Stufen, knieten nieder, bekreuzigten sich, verharrten offensichtlich in einem kurzen Gebet – und gingen dann weiter.

Es war die Zeit Woytillas, des polnischen Papstes Johannes Paul II. Max konnte nicht anders. Er zog sich einige Meter zurück und beobachtete eine ganze Weile dieses gottesfürchtige Verhalten, ehe er weiterging.

Drei Tage blieb er in dieser freundlichen, pulsierenden Stadt, ehe er die Heimreise antrat. Zum ersten Mal wurde in ihm konkret der Wunsch wach, Polen, die Heimat seiner Vorfahren, die als Oberschlesier ständig „zwischen Deutschland und Polen hin- und hergeschoben wurden", kennenzulernen.

Jetzt, nach etwa zehn Jahren, konnte sich dieser Wunsch überraschend realisieren lassen. Max spürte eine leichte Aufregung und erinnerte sich, dass er damals, wenige Tage nach seinem Krakau-Aufenthalt, in Hamburg ein Buch über Breslau erstanden hatte, in dem der Wiederaufbau dieser völlig zerstörten Stadt geschildert wurde, die heute wieder in altem Glanz erstrahlen solle, gefördert durch Mittel der EU.

Er hatte das Buch nicht zu Ende gelesen und würde das jetzt nachholen. Einige Kapitel las er quer, in andere vertiefte er sich. Zum ersten Mal überhaupt wurde ihm bewusst, was das Wort „Aussiedler" bedeutete, das er so oft in seiner Kindheit gehört hatte, immer mit negativen Untertönen oder gar Ablehnung.

Es waren „die Aussiedler aus dem Osten", die „rüber machten", Landbesitz angaben, den sie gar nicht hatten (was aber nicht zu überprüfen war), so die Meinung vieler, und sich aufgrund dieser Angaben staatliche finanzielle Unterstützung erschlichen, die ihnen den Aufbau von Bauernhöfen, den Aussiedlerhöfen, ermöglichten und die Existenz als Landwirte sicherte.

Sie waren nicht gerne gesehen, diese Fremden, die ein merkwürdiges Deutsch sprachen und sich anders verhielten als gewohnt. Max hatte es persönlich in seiner Kindheit und Jugend erlebt.

Seine Onkel und Tanten, aus Oberschlesien „eingewandert", sprachen ein hartes Deutsch mit polnischem Akzent. Er musste sich daran gewöhnen. Auch an die andere Kost, wenn er sie besuchte.

Jetzt las er, dass in Breslau, wo in großer Mehrzahl Deutsche gelebt haben, die Bevölkerung sozusagen komplett „ausgetauscht" wurde. Nicht allein dort, vielmehr in der ganzen Region und aus Provinzen Polens.

Unglaubliche Zustände mussten geherrscht haben. Hunderttausende Deutsche mussten Haus und Hof verlassen, konnten nur wenig Hab und Gut mitnehmen und zogen gegen Westen. Statt ihrer kamen Polen und Ukrainer. Sie zogen in die Höfe, Häuser und Wohnungen der Deutschen ein.

Die russischen Besatzer und polnischen Kommunisten registrierten bald, dass „das System" zusammenbrach. Die vertriebenen Deutschen waren hervorragend ausgebildet, leistungsstark und fleißig in ihren Berufen.

Im Nu fehlten sie überall. Große Lücken klafften. Zupackende Hände für den Wiederaufbau fehlten, Reparaturen im Verkehrsnetz und der Wasserversorgung konnten nicht ausgeführt werden, Handwerksbetriebe fehlten an allen Ecken, das Bildungswesen lag darnieder, es gab zu wenig Lehrer. Kinder konnten nicht unterrichtet werden. Das alltägliche Leben funktionierte kaum noch.

Es war ein Chaos ohnegleichen. So bezogen Menschen aus der tiefen Provinz Wohnungen in der Stadt, wie in Breslau, brachten Hühner, Enten, Gänse, Hasen, aber auch Kühe und Schweine mit und hielten das Vieh in den Hinterhöfen der Stadtwohnungen, das Kleinvieh oft sogar direkt in der Wohnung. Mit ungeheuer negativen Folgen.

Ganze Stadtteile verdreckten und verkamen, die „neue" Bevölkerung musste permanent zur Ordnung gerufen und mit Sanktionen bedroht und schließlich bestraft werden, ehe sich die Verhältnisse langsam besserten. Aufgrund dieser Umstände wurde das Tempo der Umsiedlung über längere Zeit gedrosselt und kam zeitweise zum Erliegen. „Das Auswechseln der Bevölkerung" dauerte erheblich länger als geplant und fand erst nach und nach in geordnete Bahnen zurück.

Weiter las Max, dass Breslau mit seiner wunderschönen, im italienischen Renaissancestil erbauten Innenstadt komplett rekonstruiert und originalgetreu wieder aufgebaut wurde und seit geraumer Zeit schon zum Weltkulturerbe zählt.

Nie hätte er das alles vermutet. Er bemerkte sein Erschrecken. „Der Westen" erfuhr nach dem Ende des Zweiten Weltkrieges kaum etwas über „den Osten". Auch die ehemalige Deutsche Demokratische Republik, die DDR, war weitestgehend abgeschottet.

Sein Wunsch, Breslau und die Region zu besuchen, wuchs. Vor allem interessierte ihn die wieder aufgebaute Altstadt. Im 16. Jahrhundert, hatte er gelesen, war die Stadt an der Oder eine der größten und bedeutendsten Städte Europas, eine glänzende Handelsmetropole genau dort, wo sich zwei der wichtigsten europäischen Fernhandelswege kreuzten – die Bernsteinstraße von der Ostsee in den Donauraum und weiter bis zur Adria sowie die Hohe Straße, die von der Rheinmündung an der Nordsee bis zum Schwarzen Meer und weiter auf der Seidenstraße bis nach China führte.

Dabei holten ihn die Gedanken an Ulrike ein. Es wäre schön, wenn sie auf eine solche Reise mitkommen könnte. Vielleicht über ein verlängertes Wochenende. Max ahnte, dass solche Phantasien eine Illusion waren. Er wandte sich wieder der Realität zu. Einfach war das nicht. Das alte Lied und eine immer wiederkehrende Problematik: die Kluft zwischen Wunsch und Wirklichkeit, der Widerspruch zwischen Verstand und Gefühl.

Er sollte diese Sehnsucht nicht vertiefen, rief er sich zur Ordnung, sondern vernünftig sein, sich klar darüber werden, dass „Loslassen" angesagt war, gerade in dieser frühen Phase, die noch zu keiner innigen Beziehung geführt hatte. Besser, nichts halten zu wollen, was vielleicht gerade im Entstehen begriffen ist. Loslassen ist eines der Geheimnisse für ein in die Zukunft gerichtetes Leben, dachte er so bei sich.

Er beendete seinen Ausflug in diese Gefilde. Der berufliche Auftrag hatte ihn wieder. Max konzentrierte sich darauf und startete mit der Arbeit an einer entsprechenden Kommunikationsstrategie für das Forschungsinstitut. Zuerst musste er sich einlesen. Das würde Stunden in Anspruch nehmen und die Plattform bilden.

Wochen später. Der Frühsommer war eingekehrt und hatte auch im Norden einer gewissen Leichtigkeit Platz gemacht, die Natur mit prächtigen Farben geschmückt. Überall in den Vorgärten blühten Blumen; Büsche und Bäume zeigten sich in zartem Grün, das Max jedes Jahr von Neuem entzückte. Die Menschen hatten wieder ihre Liegestühle und die Wärme entdeckt, die vitalisiert, Lebensfreude bringt und die Welt bunter macht.

Am vergangenen Wochenende war Max zum ersten Mal in diesem Jahr an der Ostsee gewesen und barfuß auf dem Sand genussvoll den Strand entlanggegangen, ehe er sich bei Kaffee und Eis zu einer Ruhepause entschloss und die vorbeigehenden Spaziergänger, von Singles bis zu jungen Familien mit Oma und Opa, beobachtete. Am frühen Abend fuhr er zurück.

Einige Zeit später entschloss er sich – gegen seine Vernunft – Ulrike doch von der Chance zu erzählen, Polen ein wenig zu entdecken. Einerseits spürte er die Gefahr, die in einer gemeinsamen Reise lag. Er erinnerte sich an den Spruch „Wer sich in Gefahr begibt, kommt darin um!"

Andererseits war es ihm nicht möglich, den aufkeimenden Wunsch einfach zu ignorieren, denn der Reiz war groß – und überwog schließlich die Bedenken. So wartete er mit leichter Ungeduld, bis sie sich telefonisch meldete und er ihr seine Idee schildern konnte.

Stille am anderen Ende. Nach einigen Sekunden folgte ihre Reaktion. Sie freute sich riesig, begann laut darüber nachzudenken mit dem Ergebnis, dass sie sehr gerne mitkäme und es wahrscheinlich arrangieren könnte.

Max traute seinen Ohren nicht. Die Freude über diese Zusage war begleitet von einer leichten Beklommenheit auf seiner Seite und der Frage, ob das wohl gut ginge. Weniger bezogen auf ihn als vielmehr auf Ulrike und die damit verbundene Heimlichkeit von ihrer Seite. Ulrike wollte in den nächsten Tagen sehen, ob sich ihre Vermutung bestätigte und ihre Hoffnung erfüllen ließe. Mögliche Termine mussten ebenfalls geklärt werden.

Sie wollte sich wieder melden. Ungewiss war beispielsweise, welches Verkehrsmittel sie wählen sollten. Vielleicht war es sinnvoller, die Reise in dieser Konstellation mit Ulrike nicht mit einem Geschäftstermin zu verbinden, sondern direkt von Hamburg aus nach Breslau zu fliegen. Die Entscheidung war nach seinem Empfinden auch abhängig von der Zeitspanne, die ihr zur Verfügung stand. Max war in dieser Hinsicht flexibel.

Leicht ging ihm die Arbeit von der Hand. Max kniete sich voll hinein und, wie üblich, gründlich. Der Kontakt mit dem Frauenteam im Institut lief ausgezeichnet, unkonventionell und ungewöhnlich offen, eine hervorragende Basis für ihn.
Sein Netzwerk funktionierte genauso und kam in Gang. Sein Sohn bot ihm trotz seines eigenen Fulltime-Jobs Unterstützung an. Eine schöne Geste und sehr erfreuliche Hilfestellung, die der Vater gerne annahm. Er bedankte sich herzlich. Das Gefühl, David mit seinen Qualitäten unterstützend an seiner Seite zu haben, erleichterte ihn.

Die Reise mit Ulrike nahm konkretere Formen an. Sie konnte sich ein verlängertes Wochenende von Donnerstag bis Dienstag einrichten, am besten im September. Ihr Mann war für eine Woche auf Geschäftsreise. In der offiziellen Version ihm gegenüber wollte sie einige Tage mit ihrer Freundin verbringen.

Bei Frauen eine nach allem Anschein weit verbreitete „Lösung", um Affären zu vertuschen. Das jedenfalls hatte Max schon öfter gehört.

Zuerst wollte er bei einer seiner nächsten Geschäftsreisen nach Polen „hineinschnuppern".

Frankfurt an der Oder mit seiner wasserreichen Umgebung sollte die erste Station sein, etwa eine halbe Stunde Fahrt mit dem Auto vom Forschungsinstitut entfernt.

Als Ulrike und er einen Nachmittag miteinander verbringen konnten, gingen sie zunächst im Internet Informationen über Breslau und die Region durch. Darüber hinaus hatte sich Max einen Reiseführer besorgt. Sie hatten sich am Nachmittag bei ihm zuhause getroffen und bis zum Abend Zeit.

Langsam gewannen sie eine Vorstellung davon, was sie unternehmen konnten. Sie kamen ein gutes Stück voran und wollten auf jeden Fall frühzeitig den Flug buchen, der dann sehr preiswert zu haben war.

Nach diesen ausgiebigen Recherchen und dem ersten Pläneschmieden wollten sie sich einem anderen Vergnügen hingeben. Die Lust aufeinander war ungebrochen, wie auch die Freude daran. Übereinstimmung auf beiden Seiten.

„Hingabe" war ein gutes Stichwort, das Max sehr nachdenklich machte. Er wusste nicht, ob er dazu jemals in seinem Leben wirklich fähig gewesen war.

Jedenfalls, merkte er, barg dieses Wort für ihn auch die Gefahr, abhängig zu werden, sich nicht nur hin-, sondern auch aufzugeben.

Nach einem ersten Schreck beruhigte er sich. Er wusste und hatte auch erlebt, dass es gute und schlechte Abhängigkeiten gab, wie er es nannte. Nicht nur in der Liebe, auch im Berufsleben. Er äußerte Ulrike gegenüber diese Gedanken.

Sie war sichtlich überrascht. Mit solchen Fragen hatte sie sich bisher nicht beschäftigt. Irgendwie stand dieses Thema nicht zur Debatte, meinte sie, obwohl sie jetzt, bei diesem längeren Gespräch und im Rückblick still wurde, fast in sich gekehrt. Aufmerksam lauschte sie Max, der seine Erfahrungen und Ansichten an ganz praktischen Beispielen erläuterte.

So schilderte er eine längere, intensive Beziehung vor vielen Jahren mit einer Frau und meinte: „Wir konnten weder richtig zusammenkommen noch richtig von einander lassen und schlingerten zwischen Abhängigkeit und Unabhängigkeit hin und her."

Damals entschloss sich Max zu einer Psychotherapie, die ihm entscheidend weiterhalf. So wollte er nicht mehr weiterleben, war eines der Ergebnisse in diesem Chaos von Gefühlen. Er lernte bisher unentdeckte Seiten an sich kennen und konnte sich nach einiger Zeit aus dieser unglückseligen Verbindung lösen. Es war ein Meilenstein in seiner Entwicklung.

Still saß Ulrike auf dem Stuhl. Tränen liefen über ihr Gesicht. Max sagte nichts. Er wartete ab. Nach einer kleinen Weile wurde sie ruhiger, sah Max traurig an und fragte eher sich als ihn, ob ihr bisher vielleicht etwas Wichtiges entgangen sei, das mit dem Thema Abhängigkeit zusammenhängen könne. „Hingabe" hatte sie jedenfalls nicht erlebt. Das Gefühl kannte sie nicht.

Ulrike wirkte verstört. Ein tiefer Seufzer entrang sich ihr. Sie wurde ruhiger, sah ihn an und meinte:

„Irgendetwas musst du mit deinen Beispielen in mir ausgelöst haben, das mir unter die Haut geht. Lass uns bei Gelegenheit noch einmal darüber reden. Ich brauche dafür etwas Zeit." Und: „Wann können wir uns wieder sehen?"

Zu jeder Zeit, war seine Antwort. Ulrike schnäuzte sich, stand auf, legte ihre Arme um seinen Hals, küsste ihn, lächelte verhalten und verabschiedete sich.

Nur wenige Tage später meldete sie sich mit der Bitte, zu ihm kommen zu dürfen. Am Nachmittag stand sie vor der Tür. Max bat sie herein und bot ihr einen Kaffee an.

Sie setzte sich, trank einen Schluck und fing an zu sprechen. „Die Frage der Hingabe hat sich mir nie gestellt", meinte sie ruhig. Das sei ihr in den letzten Tagen klar geworden. Ludwig, ihr um zehn Jahre älterer Mann, sei von jeher ein sachlich-kühler Mensch, Ingenieur, zielstrebig und erfolgreich. Von Gefühlen habe er nie besonders viel gehalten, so ihre Ausführungen.

Früher hätten sie diese kühle Sachlichkeit und seine logisch-nüchterne Art sehr beeindruckt. Das sei wohl der Schwerpunkt ihrer Verliebtheit gewesen, gerade angesichts der Gegensätze ihrer Temperamente. Sie seien als Nachbarkinder aufgewachsen. Er, der wesentlich Ältere, wurde von ihr, dem jüngeren Mädchen, wegen seiner Klugheit und Überlegenheit bewundert.

„Eigentlich hat es sich einfach so ergeben, dass wir uns schließlich näherkamen", resümierte Ulrike erstaunt. Von Anfang an sei es eine ruhige Beziehung gewesen, hin und wieder durchbrochen von ihrem Temperament und ihrer Spontaneität, die Ludwig sehr willkommen gewesen sei, die er bei ihr bewundert habe.

Diese Gegensätze, so Ulrike, zogen sich zweifellos an, führten aber relativ schnell zur Ermüdung. Zunächst das Salz in der Suppe, störten sie schließlich immer mehr, bis ständige Kompromisse in eine gleichförmige Ruhe mündeten.

Konflikte wurden dabei kaum ausgetragen. Keine gute Grundlage, denn vieles blieb ungesagt und unklar, konstatierte Ulrike. Für Hingabe habe es keinen Anlass gegeben. „Ich kam nicht einmal auf die Idee", war Ulrikes Eingeständnis an sich selbst.

Sicherlich, gefehlt hätten ihr Überraschungen, Phantasie, ganz allgemein im Alltag, vor allem aber in der Erotik. Sie habe sich damit ohne großes Murren oder den konkreten Wunsch nach Veränderungen abgefunden und sich selbst auch nicht darum bemüht, vielmehr in der Situation eingerichtet. „Wir haben ein Leben geführt wie Millionen andere auch", meinte sie nüchtern, „eher wie Freunde. Die Kinder haben uns lange von diesen Defiziten abgelenkt."

In den letzten Jahren allerdings habe sie eine zunehmende Unruhe und Unzufriedenheit in sich festgestellt. Reisen, leider wenige, hätten ihr eine gewisse Ablenkung verschafft, eine Lösung sei das allerdings nicht gewesen. Kompensieren sei ihr indes auf Dauer nicht gelungen.

Das Erlebnis mit Max auf Ischia hatte ihr einen neuen Blick auf ihr Leben und notwendige oder mögliche Veränderungen eröffnet. Eines war ihr schon nach wenigen Tagen bewusst geworden: Nicht allein die für sie ungewöhnlich offene Art in der Erotik sei der Auslöser gewesen.

Ganz entscheidend war für Ulrike die Vermutung, dass sich Gegensätze auf Dauer nicht anziehen und eine Ehe lebendig halten könnten, sondern viel eher ähnliche Gedanken, Haltungen und ein ähnliches Naturell. Das, so Ulrike, würde sie nun gerne etwas näher mit Max ausprobieren, wenn sie es so formulieren dürfte.

Max war gänzlich perplex. Mit einer solchen Entwicklung hatte er nicht im Traum gerechnet.

Also schwieg er zunächst. Er war einfach überfordert – und sagte es ihr.

Das Ergebnis: Schweigen und Freundlichkeit, keine Verstimmung. So verabschiedeten sie sich. Ulrike wollte über all das weiter nachdenken. Max auch.

Nach etlichen Tagen meldete sie sich erneut mit der Bitte um ein Treffen bei Max zuhause. Als sie sich sahen, war die Stimmung etwas beklommen. Eine gewisse Schwere lag in der Begegnung. Trotzdem war die Atmosphäre freundlich.

Ulrike fing an zu erzählen. Diese erstaunliche Frau hatte inzwischen mit ihrem Mann gesprochen. Sie mochte ihn nach wie vor gerne, empfand Ludwig als ruhenden Pol und gutmütigen Menschen.

Dass sie Max auf Ischia kennengelernt hatte, beichtete sie ihm, und die Erkenntnis, dass ihr seit Jahren etwas Wesentliches fehlte: ein permanenter Gedankenaustausch auf Augenhöhe, wie man heute zu sagen pflegte, gleiche, grundlegende Interessen und gelebte Sexualität, nicht nur gedachte. Sie hatte sie endlich für sich entdeckt.

Ludwig reagierte zwar erschrocken, aber mit Fassung. Für weitere Gespräche war er offen. Viel gab es nicht zu sagen, auszutauschen. Ludwig war wie gewohnt zurückhaltend, ja wortkarg.

Schließlich kam die für Ulrike große Überraschung: Nach einigen Tagen machte er den Vorschlag zu einer „ménage à trois", einer Dreierbeziehung. Er war sich klar geworden, dass er sich noch nie viel aus Sexualität gemacht hatte und seine bisher für ihn zufriedenstellende Ehe dadurch nicht auseinanderbrechen sollte.

Er frage sich heute im Rückblick sogar, ob er jemals in Ulrike richtig verliebt gewesen war oder die Verbindung mit ihr aufgrund ständiger Nähe seit der Jugend einfach dem Lauf der Dinge entsprach, wie er es nannte. Eifersucht kannte er ebenso wenig, sagte er – und Ulrike hatte sie bei ihm auch nie erlebt.

Das Thema, so Ludwig, sei außerdem mit seinen fünfundsechzig Jahren für ihn abgeschlossen. Für sie war diese Aussage glaubwürdig – und sehr erleichternd, öffnete sie vielleicht doch etwas die Tür, mit großer Rücksicht auf Ludwig ihr Leben weitaus lebendiger, abwechslungsreicher und zufriedener gestalten zu können als bisher.

Vorausgesetzt, Max konnte mit diesem Dreiecksverhältnis leben. Eine gewisse Beruhigung seinerseits hatte ihr Ludwig mitgeteilt angesichts des Alters von Max, über das sie ihn informiert hatte.

Er sah kaum die Gefahr, dass Ulrike mit einem Einundsiebzigjährigen noch „ein neues Leben" beginnen würde.

Nach diesem Angebot hatte sich Ludwig zurückgezogen, um – wie er sagte – darüber nachzudenken, wie sich ein solches Arrangement gestalten ließe.

Das erste Ergebnis: Er wollte Max nicht kennenlernen, um nicht der Versuchung zu erliegen, irgendwelche konkreten Vergleiche zu ziehen.

Das zweite: Ulrike könne sich mit dem „Bekannten aus früheren Zeiten", so die von Ludwig vorgeschlagene Formulierung, hin und wieder auch in der Öffentlichkeit zeigen, beispielsweise bei einem Theater- oder Konzertbesuch.

Eine gute Grundlage, fanden Ulrike und Max. Er staunte, wie gut die beiden in dieser schwierigen Situation miteinander umgingen und sah in dem von Ludwig angebotenen Arrangement für sich selbst keine großen Schwierigkeiten. Damit war er vollkommen zufrieden.

Die Frage aber stellte sich schon, was die Praxis ergeben würde.

Jedenfalls war eine neue Plattform gefunden. Max spürte, dass sich in seinem Innenleben einiges veränderte, sich eine Mischung aus Freude und einer gewissen Vorsicht breit machte. Würde es Ulrike gelingen, fragte er sich, sich nicht zu stark an ihn zu binden? Und wenn er diese Tendenz spürte – wie würde er sich dann verhalten? Und was, wenn er sich selbst in sie verliebte?

Er bewegte sich gedanklich nicht weiter. Wichtig war: Ulrike konnte ihre Treffen mit ihm nun anders gestalten. Ohne große Heimlichkeiten.

Und sie machte schnell davon Gebrauch. Für das kommende Wochenende bereits verabredete sie sich mit Max. Nun konnte sie anrufen, wann immer sie wollte – auch von zuhause. Und er ebenfalls. Wobei er davon nur sparsam Gebrauch machen wollte.

Ihre Beziehung pendelte sich so ein, dass sie sich in der Regel einmal wöchentlich sahen. Sie sprachen oft darüber, wie sie sich fühlten. Ulrike, das spürte er, war meistens ziemlich entspannt.
Sie bestätigte seine Beobachtung. Seitdem sie sich sozusagen austoben konnte, war ihre Unruhe einer weitgehenden Gelassenheit gewichen. Vieles ging ihr leichter von der Hand, auch beruflich. Alles in allem entwickelte sich dies sehr positiv; sogar mit Ludwig. Beide gingen freundlicher, aufmerksamer

miteinander um, Missstimmungen traten seltener auf.

Die Ferienzeit nahte. Der Verkehr nahm ab, die Straßen wurden leerer, jedenfalls in der Region. In Hamburg war es anders.

Touristenströme ohne Ende bevölkerten die Stadt, die inzwischen in der Beliebtheit vor München und mit Berlin nahezu gleichauf lag. Ein Trip mit Ulrike in die Hauptstadt, jahrelang eines der Hauptziele in Max' Geschäftsleben, reizte ihn sehr. Das war die eine Seite. Die andere, die ihn etwas bremste, war der Tatsache zuzuschreiben, dass er seit etwa seinem fünfzigsten Lebensjahr schnarchte.

Seine Enkelin hatte ihm das vor einiger Zeit wieder bestätigt. Ihr hatte er beim ersten Übernachten das Gästezimmer im Untergeschoss angeboten. Sie wollte lieber bei ihm im Zimmer nächtigen.

Am nächsten Morgen meinte sie: „Opa, du schnarchst!" Er: „Ich weiß es. Wie ging es dir damit?" Sie: „Das war nicht schlimm." Sie könne, meinte sie, trotzdem gut schlafen.

Ihr glaubte er unbesehen, anders als Erwachsenen, von denen er annahm, dass die Antwort nicht ehrlich wäre, weil sie ihn nicht verletzen wollten. Max wollte andere in ihrem Schlaf nicht stören und hatte deshalb ein schlechtes Gewissen, in einem Zimmer oder gar in einem Bett gemeinsam zu schlafen. Ulrike sah darin kein Hindernis. Sie wollte sich mit Oropax behelfen. Das Problem war nach ihrer Meinung zu lösen.

Die Reise nach Berlin wartete. Max hatte ein Hotel unweit der Gedächtniskirche gebucht, in das er jahrelang regelmäßig Meinungsmultiplikatoren zum Adventstee und zu informellen Gesprächen eingeladen hatte. Der Brandenburger Hof war ein hochklassiges, bestens geführtes Haus, individuell und ungewöhnlich im Vergleich zu anderen exklusiven, großen Hotels, die alle ein ähnliches Ambiente aufwiesen, dadurch aber nach einigen Aufenthalten langweilig wurden.

Ulrike und Max fuhren mit Ludwigs Wissen in die deutsche Hauptstadt. Am Hauptbahnhof stiegen sie um in Richtung Bahnhof Zoo, bis zur Wiedervereinigung der Hauptbahnhof Berlins. Der Blick beim Hinausgehen auf die vom Krieg zerstörte Gedächtniskirche war für Max nach wie vor ein eigenartiges Bild. Er musste an das Buch „Die Kinder vom Bahnhof Zoo" denken, das er vor vielen Jahren gelesen hatte.

Ein strahlend blauer Himmel und sommerliche Wärme empfingen die beiden. Zu Fuß erreichten sie nach wenigen Minuten das Hotel in einer Seitenstraße. Sie gingen auf ihr Zimmer und packten aus. Lange wollten sie sich nicht aufhalten. Am Gendarmenmarkt aßen sie, draußen in der warmen Sonne sitzend, zu Abend.

Im Friedrichstadtpalast wollten sie sich später eine Show ansehen. Max hatte über das Hotel Karten besorgt. Zwei Stunden ließen sie sich prächtig unterhalten und genossen die lässig-spritzige Atmosphäre dieser Kultstätte.

Nach der Vorstellung gingen sie zurück ins Hotel, schenkten sich einen schönen Rotwein ein, hüllten sich in ihre Bademäntel, saßen gemeinsam mit dem Rücken an die Wand gelehnt auf dem Bett und sahen fern.

Ulrike begann das Liebesspiel, in das sie sich verloren. Danach stellten sie das Programm ab, kuschelten sich aneinander und schliefen ein. Max brachte diese Nacht überraschend gut hinter sich. Ulrike entfernte beim Aufwachen das Oropax und meinte, sie hätte gut geschlafen und nichts gehört. Eine beruhigende und ermutigende Nachricht.

Zwei weitere Tage blieben noch für Berlin. Das Wetter war beständig. Sie wurden von Sonne und Wärme verwöhnt. Ulrike und Max nutzten dieses Geschenk des Himmels und ließen es sich gut gehen. Sie bummelten am Spreeufer entlang, besuchten den Hackeschen Markt und legten längere Pausen in den unterschiedlichsten Restaurants und Gaststätten mit ihren Tischen im Freien ein.

Berlin bot eine reiche Vielfalt. Diese für Max wie Ulrike gemeinsamen Tage waren ein Erlebnis. Sehr zufrieden traten sie die Rückreise an.

Die Zufriedenheit hielt an. Viele Tage. Max fühlte sich im Vollbesitz seiner geistigen und körperlichen Kräfte, ja regelrecht verjüngt. Er genoss das Leben und den Sommer in vollen Zügen, hatte durch die Bekanntschaft mit Ulrike offensichtlich neue Lebenskraft und Lebenslust getankt. Ulrike meldete sich oft. Sie plauderten, lachten viel und machten Pläne.

Freizeit bekam für ihn eine neue Dimension. Die Reise nach Breslau hatten sie inzwischen auf den Herbst verschoben. Im Sommer hingegen wollten sie noch einige attraktive Städte besuchen, die Max schon kannte. Neben Krakau zählten Prag, Budapest, Graz, Salzburg und vor allem Wien dazu, eine Stadt, die es ihm angetan hatte.

Etliche Male war er schon dort gewesen, längere Zeit hatte er beruflich mit der Hochschule für

Kunst und Architektur zu tun. Städtereisen waren zwar in der Regel anstrengend, aber sehr interessant und abwechslungsreich.

Ulrike war mit Ludwig und den Kindern über viele Jahre in den Ferien nach Dänemark gefahren. Später gingen diese ihre eigenen Wege und erlebten auch Europas Süden: Italien, Spanien und Südfrankreich auf ihren Klassenfahrten. Eigene Trips mit Freundinnen und Freunden kamen dazu.

Mit zunehmendem Alter der Kinder entpuppte sich die Urlaubsgestaltung der Eltern problematisch. Ludwig bevorzugte, seiner Art entsprechend, ruhige Urlaubsorte und blieb dem Norden treu. Mecklenburg-Vorpommern mit der Ostseeküste und die Insel Rügen entwickelten sich zu seinen „Sommersitzen". Wobei Rügen schon ein Zugeständnis an Ulrike war, die zumindest hin und wieder etwas Abwechslung brauchte.

Sie fand sich damit ab, so schien es, wohl weil sie keine Alternative sah. Manchmal allerdings zeigte sich ein Ausweg: einige Tage Freizeit mit einer Freundin. Sie verstand unter „Lebensqualität" oft etwas anderes als Ludwig.

Max hatte schon öfter mit Bekannten über Lebensqualitäten in unterschiedlichen Phasen gesprochen, jetzt im Alter mehr als früher. Und wieder war es aufgrund der jüngsten Entwicklung das Stichwort für einige aktuelle Betrachtungen.

Lebendiger fühlte er sich in den letzten Wochen. Eindeutig! Und ebenso eindeutig führte er das darauf zurück, dass er Ulrike kennengelernt hatte. Es war mehr Abwechslung, Farbe in sein Leben gekommen. Es gab wieder mehr Überraschungen. Sein Wohlbefinden hatte sich gesteigert. Ein schönes Gefühl, mit Kraft und Vitalität verbunden.

Er fragte sich, ob er sich verliebt hatte, nach langer, langer Zeit wieder einmal. Er konnte es nicht richtig einschätzen. Vielleicht, überlegte er, hängt das mit der Lebenserfahrung zusammen. Ein junger Mensch verliebte sich leicht. Das hatte er am eigenen Leib erfahren. Solche Gefühle kamen und gingen schnell, versetzten einen kurz in Glück und anschließend in Leid. Stimmungen wechselten, Freundinnen ebenfalls.

Mit zunehmendem Alter und reicheren Erfahrungen wurde man vielleicht vorsichtiger, misstraute manchem Gefühl, wartete eher etwas länger, ehe man sich sicher war. So jedenfalls erging es ihm.

Wie würde er sich verhalten, wenn Ulrike ihm eröffnen würde, dass sie sich von ihrem Mann trennen möchte und dann frei wäre, ihr eigenes Leben zu führen, vielleicht mit Max zusammen? Plötzlich tauchte diese Frage auf. Max spürte, wie er ins Schleudern geriet. Gewaltig.

Er besann sich. Noch war es nicht so weit. Aber es könnte sich jederzeit so ereignen.

Bisher hatte Ulrike nichts in dieser Richtung verlauten lassen.

Ulrike war glücklich und zufrieden. Glücklich durch die Art und Weise, wie sie mit Max die Zeit verbringen konnte. Zufrieden damit, wie Ludwig diese Veränderung und ungewohnte Situation hinnahm.

Das war vielleicht das falsche Wort. Er schien sich darin gut eingerichtet zu haben. Keinerlei Beschwerde war von ihm zu hören, seine Stimmung war gut, er war in Haus und Garten aktiv, ja, sie machten sogar gemeinsame Spaziergänge, die er vorschlug.

Ulrike kam aus dem Staunen nicht heraus. Er wirkte, als sei eine Last von seinen Schultern genommen. Vielleicht, so mutmaßte Ulrike, war dies tatsächlich der Fall, denn sicherlich hatte er seit langer Zeit ihre Unzufriedenheit bemerkt und einfach nicht gewusst, wie er damit umgehen sollte.

Wie dem auch sei, dachte sie, ihre Gemeinsamkeit hatte sich zum Positiven hin entwickelt. Es gab Augenblicke, in denen sie immer noch fassungslos angesichts dieser Veränderung war. Das war die eine Seite.

Die andere hingegen machte sie bisweilen unsicher und sehr nachdenklich. Manchmal fühlte sie sich wie zweigeteilt. Sie saß beispielsweise neben Ludwig und dachte an Max. Sie ging mit Ludwig an einem warmen Sommertag im leichten Kleid spazieren und meinte Max neben sich zu spüren mit ihrer Sehnsucht nach Körperlichkeit. Dann musste sie sich sehr kontrollieren, um in ihrem Verhalten nicht auffällig zu werden. Solche Minuten waren anstrengend.

Und derartige Zeichen nahm sie als Hinweis darauf, dass sie sich verliebt hatte und sich weit mehr, als sie gedacht hatte, zu Max hingezogen fühlte. Öfter konnte sie sich des Gedankens nicht erwehren, dass sie am liebsten mit ihm zusammenleben würde.

Dann machte sich Unsicherheit breit. Immerhin war der Mann, sagte ihr Verstand, sechzehn Jahr älter als sie – und wer wusste, wie lange er noch so fit wie jetzt sein würde, trotz der Pillen, die er täglich schlucken musste.

Bei dieser Gelegenheit erinnerte sie sich ihrer eigenen Rückenbeschwerden, bisher noch nicht ernster Natur. Beeinträchtigt fühlte sich Ulrike dennoch hin und wieder. In den letzten Monaten hatte sie stärker darauf geachtet. Sie war froh über ihre Entscheidung, auf Ischia im Urlaub gewesen zu sein. Die heißen Quellen hatten ihr gut getan. Wie schön, dass ich diesen Mann kennengelernt habe, stellte sie fest. Ich hoffe und wünsche mir, dass er mir lange erhalten bleibt.

Gegenwart und Zukunft waren wichtiger geworden. Genauso eine unbändige Lust aufs Leben. Es war, als wäre sie neu erwacht. Sie war sich unsicher, wie sie damit umgehen sollte. Es beschlich sie die Ahnung, dass sie mit ihrer Sehnsucht nach Nähe auf keinen Fall mit der Tür ins Haus fallen durfte, sondern vorsichtig sein musste. Das wollte sie auch.

Der Abend nahte. Für heute hatte sie genug gearbeitet. Ulrike entschloss sich zu einem kleinen Bummel durch die City Hamburgs. Auf ihre Kleidung hatte sie Zeit ihres Lebens geachtet. Finanziell stellte das auch kein Problem dar. Dessous allerdings spielten in den letzten Jahren keine Rolle mehr. An manchen Tagen kaufte sie dennoch etwas

Reizvolles für sich allein, um sich einfach zu gefallen.

Seit Ischia hatte sich das geändert. Nun ging sie shoppen mit der Vorstellung, sich Max zu zeigen. Ohne Eile streifte sie durch verschiedene Kaufhäuser und kleinere Modeboutiquen, die es immer noch gab, obwohl sie seltener geworden waren. Sie fand, was sie suchte, und ging sehr zufrieden nach Hause, begrüßte Ludwig, ging in ihr Zimmer und legte ihre neu erstandene Unterwäsche sorgfältig in ein Fach zur anderen Wäsche. Besondere Vorsicht war nicht notwendig. Ludwig und sie hatten getrennte Schränke in getrennten Zimmern.

Später aßen sie gemeinsam zu Abend. Bei solchen seit Jahren eingespielten Ritualen hatte sich kaum etwas verändert. In guten Tagen berichtete Ludwig knapp, was sich in der Firma getan hatte, in schlechten hielt er seinen Mund. Ohnehin neigte sich seine Berufstätigkeit dem Ende zu.

Angesichts dieser Aussicht spürte Ulrike eine leichte Unruhe. Sie fragte sich, wie er sich den Ruhestand vorstellte und den Alltag gestalten wolle und sprach ihn darauf an. Er wisse es nicht genau, war seine Antwort. In den Golfklub wollte er möglicherweise eintreten, überlegte er. Mein Gott, wie phantasielos, dachte Ulrike, verhielt sich aber still.

Leichte Panik beschlich sie, als sie sich intensiver damit befasste. Sie mahnte bei sich Ruhe an und versuchte, sich unter Kontrolle zu halten. Es fiel ihr schwer. Sie rutschte ab in Wachträume, die sehr ernüchternd waren und in die Vorstellung von öden Tagen und noch öderen, stillen Nächten mündeten. Von Langeweile bis zum Überdruss.

Du hast es nie geschafft, mehr Lebendigkeit in diese Ehe zu bringen, lautete ihr Vorwurf an sich selbst. Nicht einmal bemüht habe ich mich, den Kopf eingezogen und alles hingenommen. Mich trifft ebensoviel Unvermögen wie Ludwig, lautete ihr niederschmetterndes Fazit. Sie wünschte Ludwig eine gute Nacht, ging nach oben und legte sich schlafen.

In sechs Monaten sollte Ludwig pensioniert werden. Der Tag hing wie ein Damoklesschwert über Ulrike. Zur Verabschiedung in der Firma war von seinem Vorgesetzten und der Personalleitung noch ein Empfang vorgesehen. Erneut sprach sie Ludwig an und fragte ihn nach seiner persönlichen Planung.

Wieder keine Antwort bis auf die, dass er so weit noch nicht denke, es sei ja noch etwas Zeit. Nun wurde Ulrike etwas ungehalten und direkter.

Ob er in den Tag hinein leben und alles passiv auf sich zukommen lassen wolle, war ihre Frage an ihn. Was soll ich denn sonst machen, seine Antwort.

Ulrike war sprachlos. Sie wurde traurig, zog sich zurück und ahnte, dass Ludwig einfach hilflos war und sich nicht zu irgendwelchen Aktivitäten aufraffen konnte. Er tat ihr leid. Einen Ausweg wusste sie nicht, und seine Hilflosigkeit übertrug sich auf sie.

In den nächsten Tagen lenkte sie sich durch ihre Arbeit ab, suchte geradezu nach Zerstreuung. Eine Lösung war das nicht. Irgendetwas musste sie unternehmen. In ihrer Not rief sie Max an, schilderte in Stichworten die verfahrene Situation und bat um ein Gespräch.

Einen Tag später trafen sie sich. Ulrike wirkte leicht nervös. Ohne Umschweife kam sie zur Sache und bekannte, wie hilflos sie sich fühlte. Auch, dass ihr zum ersten Mal Gedanken an eine Trennung kamen. Sie wolle ihn, Max, nicht erschrecken oder gar unter Druck setzen, meinte sie. Es läge ihr fern, sozusagen von einem Mann zum anderen zu wechseln. Sie kreise eben um das Thema, auf welche Art und Weise – und ob überhaupt – sie die nächsten Jahre oder gar Jahrzehnte ein Leben an Ludwigs Seite verbringen konnte oder mochte.

Max hörte aufmerksam zu. Solche Entscheidungen waren weitestgehend ihre eigene Sache. Er hatte das Gefühl, dass es ihr einfach gut tat, sich aussprechen zu können. Seine Vermutung stimmte. Ulrike wollte keine vorschnellen Entscheidungen treffen und die Entwicklung abwarten. Erleichtert verabschiedete sie sich von Max und trat den Heimweg an.

Eine Woche verging, ehe sie sich in offensichtlich guter Stimmung wieder meldete und Max erklärte, sie wolle sich nicht zu viele Gedanken machen, sondern den Dingen zunächst einmal ihren Lauf lassen, um zu sehen, wie sie sich dabei fühlte. Vor allem, so Ulrike, würde sie gerne Ludwigs Entwicklung als Pensionär miterleben. Vielleicht liefe ja alles besser, als sie sich in ihren etwas düsteren Phantasien vorstelle. Max war erleichtert, als er ihre Ausführungen hörte.

Das Leben nahm seinen Lauf. Max und Ulrike sahen sich regelmäßig. Die Polenreise musste erneut verschoben werden, weil Max durch die Aufgaben, die das Forschungsinstitut mit sich brachte, viel um die Ohren hatte. Einige Städtereisen über die Wochenenden hingegen konnten sie einbauen. Wien, diese kulturell hoch interessante, lebendige Stadt war die erste Station.

Eines Tages dann der Donnerschlag, ein Blitz aus heiterem Himmel. Ein Anruf von Ulrike, aufgeregt und in Tränen aufgelöst. Ludwig war gestorben – total überraschend.

Der Beginn als Pensionär lag gerade einige Tage hinter ihm. Er hatte sich etwas matt und müde gefühlt, war am Abend früh zu Bett gegangen und nicht mehr aufgewacht. So still er gelebt hatte, so still war er gegangen. Völlige Fassungslosigkeit bei Ulrike und die Mitteilung, dass sie sich nun wegen der bevorstehenden Beerdigung und zu erledigenden Dinge so bald wie möglich wieder melden würde, was aber etliche Zeit dauern könnte.

Eine gänzlich neue Situation war entstanden. Von einem Tag zum anderen. Alles hatte sich schlagartig verändert. Obwohl wir eigentlich, resümierte Max, ständig von Leiden, Sterben und Tod umgeben sind, immer wieder davon erfahren, blenden wir das aus. Oft zu Recht, wie Max empfand, als Schutzmechanismus. So weitreichend allerdings, wie das in unserer Gesellschaft vonstatten geht, empfand er es als ein Verdrängen, das uns irgendwann einholt und uns umso härter trifft.

Max musste oft und intensiv in diesen Tagen an Ulrike denken. Bei dem Gedanken an einen Anruf zögerte er und verwarf ihn schließlich. Erste Trauertage waren oft angefüllt mit starker Betriebsamkeit. Manchmal fehlte nahezu die Luft zum Atemholen. In eine solche Situation wollte er nicht hineinplatzen. Schließlich entschloss er sich, ihr einen Brief zu schreiben, keine E-Mail.

Es muss kurze Zeit nach Erhalt seines Briefes gewesen sein, als Ulrike telefonisch ihren Besuch ankündigte. Er hatte ihr schriftlich mit aller Vorsicht sein Gästezimmer zum Übernachten angeboten, falls ihr danach sei. Darauf kam sie nun zurück. Sie wollten sich am Wochenende treffen, um vollkommen ungestört zu sein. Beide freuten sich darauf.

Max wurde unruhig. Jetzt stand er tatsächlich vor der Frage, wie es weitergehen sollte. In zwei Tagen würde Ulrike auftauchen und sich dieses Thema mit Sicherheit stellen. Die Nervosität ließ nicht nach. Wenn er las, stand er zwischendurch auf. Das Gleiche, wenn er Musik hörte oder vor dem Fernseher saß. Schließlich zog es ihn hinaus in den Wald. Er stieg ins Auto und fuhr zu seinem Lieblingsplatz am See.

Wunderschön warm war es, eine herrliche Luft empfing ihn. Zuerst setzte er sich auf eine Bank und sah Enten und Schwänen zu, wie sie ihre Bahnen zogen und sich auch stritten, beginnend mit großem Gezeter, aufgeregtem Hin- und Herschwimmen, wilden Flügelschlägen und schließlich dem knatternden Start in die Lüfte. Abseits stand ein Graureiher, der sich in seiner Ruhe nicht stören ließ.

Max erhob sich und begann seinen etwa einstündigen Weg. Die Sonne flirrte durch die Blätter der Bäume und warf Schattenspiele auf den Waldboden. Es war ein Vergnügen, auf ihm zu gehen. Er gab unter seinen Schritten nach, fast federnd, und machte das Gehen zum regelrechten Genuss. Es zirpte, zwitscherte und sang, die Vögel unterhielten sich, der Wald war voller Leben.

Max entspannte sich und wurde ruhiger, konnte seine Gedanken und Gefühle etwas sortieren.

Vermutlich, so seine Überlegungen, würde Ulrike ihr großes Haus über kurz oder lang verkaufen wollen. Die erwachsenen Kinder legten keinen Wert darauf. Der Sohn war als Betriebswirt im Marketing eines internationalen Konzerns tätig und lebte als Single seit einem Jahr in den USA, die Tochter war verheiratet, ebenfalls berufstätig und lebte in Bayern.

Max selbst hatte sich bis jetzt nicht mit einer gemeinsamen Zukunft befasst, weil sie für ihn nicht in Betracht kam. Ihm war nicht klar, ob der Tod von Ulrikes Mann daran etwas änderte. Eher nicht, war sein erstes Fazit. Denkbar war, dass sie in unmittelbarer Nähe in zwei Wohnungen lebten, zumal er selbst mit einer Suche nach einem neuen Domizil begonnen hatte.

Normalerweise wäre dies eine gute Gelegenheit, sich zusammen zu tun. Bei dieser Vorstellung sträubten sich ihm die Haare.

Eine weitere Einschränkung wurde deutlich. Er war oft umgezogen, zuerst vom Süden Deutschlands in den Norden, dann innerhalb Hamburgs und schließlich auch in der Kleinstadt, wo er nun seit vielen Jahren lebte und Kontakte geknüpft hatte. Sie und die Vertrautheit mit der lieb gewordenen Kleinstadt wollte er zum Ende seines Lebens nicht aufgeben, um irgendwo anders erneut zu starten und aufbauen zu müssen.

Er hielt auf seinem Spaziergang mehrmals an, hörte die Geräusche um sich herum, ehe er sich wieder in Bewegung setzte. Dann kehrte er zu seinem Auto zurück, um nach Hause zu fahren.

Früher Abend war es geworden. Max setzte sich in seinem blühenden Garten auf die Terrasse und schenkte sich einen Wein ein. Dieses kleine Stück gestaltete Natur, die Arbeit darin, das Wachsen,

Gedeihen der Bäume und Pflanzen, die bunte Pracht der Blumen, das Summen der Bienen im Frühling beim Bestäuben der Apfelblüten an seinen Bäumen, das Zirpen, Zwitschern, Trillern und Pfeifen der Vögel würden ihm sehr fehlen.

Seit Jahrzehnten gehörte ein Garten zu seinem Leben, in verschiedenen Größen. Noch vor zwanzig Jahren hatte er ein zweitausend Quadratmeter großes, völlig verwildertes Gelände bearbeitet; er hatte Bäume gefällt, um den Pflanzen Luft zu geben, mit seinem kleinen Sohn einen großen Weiher angelegt, eine Mischung aus Nutz- und Naturgarten geschaffen.

Nun würde sich sein Leben beschränken auf eine größere Terrasse oder einen entsprechenden Balkon. Diese Veränderung ging ihm ans Herz. Gleichzeitig erlebte er seit zwei Jahren zunehmend, dass ihn Gartenarbeit anstrengte, manchmal auch zu viel wurde. Insofern war die sich abzeichnende Lösung sinnvoll. Er würde damit zurechtkommen.

Das Wochenende nahte. Ulrike hatte sich für Samstag angemeldet und wollte bis Sonntagabend bleiben. Max hatte sich nicht weiter mit dem Zukunftsthema beschäftigt. Er wollte abwarten, wie sich Ulrike äußerte.

Nachdem sie angekommen war, bummelten sie durch die kleine Stadt und nahmen das Mittagessen in einem einfachen, aber sehr guten italienischen Restaurant ein, geführt von einer deutsch-italienischen Familie. Ulrike und Max ließen sich viel Zeit. Während der Mahlzeit kam langsam das Gespräch in Gang. Ulrike war dezent gekleidet und in offensichtlich guter Verfassung. Jedenfalls machte sie auf Max diesen Eindruck.

Sie erzählte von der Trauerfeier und den turbulenten Tagen, die keine Ruhe aufkommen ließen. Jetzt erst, Tage, nach denen alles vorbei war, kam sie etwas zur Besinnung.

Sohn und Tochter waren abgereist. Die Kontakte zu ihrem Vater waren in den letzten Jahren dürftig geworden. Der Beruf nahm beide voll in Anspruch. Auch zur Mutter waren sie auf Distanz gegangen. Ulrike tröstete sich damit, dass das Zeigen von Gefühlen noch nie zur Stärke der Familie gehörte.

Die Kinder hatten, bezogen auf Wärme und Zärtlichkeit, in ihren Eltern keine Vorbilder gehabt, um solche Eigenschaften gut kennenzulernen oder sie gar zu übernehmen. Die kühle Dominanz des Vaters hatte das Familienklima beherrscht und Ulrike sich angepasst. Diese Defizite konnten nicht mehr nachgeholt werden.

Zum ersten Mal sprach Ulrike so ausgedehnt über sich und ihre Familie. Ab und zu stellte Max eine Frage. Schließlich landete Ulrike bei Überlegungen, die ihre nahe Zukunft betrafen. Max war hellwach. Inzwischen waren sie zuhause angelangt. Max öffnete einen Wein. Im Lokal hatte er wegen des Autofahrens darauf verzichtet. Es störte ihn nicht, aber nun hatte er Lust auf einen guten Tropfen. Ulrike schloss sich an.

Ob er ihre Gedanken hören wolle, war ihre erste, etwas unsicher wirkende Frage. Max nickte.

Langsam würde sie wieder Fuß fassen, meinte sie. Die ersten Tage hätte sie wie in Trance erlebt. Vieles sei an ihr vorbeigerauscht, das Notwendige habe sie aber bewältigt, auch dank der Unterstützung durch die Kinder. Beide waren sehr schnell nach Erhalt der traurigen Nachricht eingetroffen. Groß sei die Beerdigung nicht gewesen, die dürftigen Kontakte hätten sich doch bemerkbar gemacht. Sie konnte damit gut umgehen, war sogar erleichtert.

Jetzt drängten sich Fragen nach der nächsten Zukunft in den Vordergrund. Sie sei sehr froh, dass sie heute hier sein könne.

Stille – dann ein Räuspern. Das Haus sei ihr zu groß, das habe sie bereits in diesen wenigen Tagen deutlich gespürt. Jetzt, im Rückblick, sei auch der Gedanke aufgekeimt, dass manches im Leben doch schicksalhaft sei. So nach ihrem Empfinden die Tatsache, dass sie Max kurz vor dem Tod ihres Mannes kennengelernt habe.

Ihre anfängliche Verliebtheit sei einer starken Zuneigung gewichen. Sie würde gerne in seiner Nähe sein und das Leben in gewisser Weise mit ihm teilen.

Was sie unter dieser Formulierung verstehe, fragte Max.

Na ja, sie könne sich vorstellen, dass sie in getrennten Wohnungen, aber in unmittelbarer Nähe wohnten. Und sie sei auch bereit, von ihrer Kleinstadt in seine umzuziehen. Beruflich sei die Entfernung kein Problem, da sie ohnehin sehr oft im Großraum Hamburg unterwegs sei.

Die Überraschung war perfekt. Max konnte Ulrikes Aussagen kaum fassen. Sie bewegten sich exakt auf seiner Gedanken- und Gefühlsebene. Er schilderte ihr seine Gemütsverfassung, besonders aber, wie sehr sich ihre Überlegungen mit seinen deckten.

Jetzt lag die Fassungslosigkeit bei Ulrike. Absolut erleichtert strahlte sie ihn an. Sie stand auf, ging auf ihn zu, setzte sich auf seinen Schoß, schlang die

Arme um seinen Hals und gab ihm einen innigen, tiefen Kuss.

In dieser Nacht lagen sie lange beieinander, ehe Ulrike ihr Gästezimmer aufsuchte und am nächsten Morgen in sein Zimmer kam. Sie zog ihr leichtes Nachthemd über den Kopf und stieg zu ihm ins Bett. Löffelchen, erinnerte er sich, nannte man früher die Stellung, in der sie nebeneinander lagen, sich berührten und erregten.

Sie frühstückten, freundlich, einander zugewandt, mit offenem Blick und zuversichtlich. Noch immer staunten sie über die Übereinstimmung, die sich fast automatisch, ohne Diskussionen, ergeben hatte. Es war keine Eile geboten. In aller Ruhe konnten sie ihre Vorstellungen und Pläne detaillierter besprechen und langsam realisieren.

Diese Aussichten wirkten wie ein Jungbrunnen. Auf beide! Recht schnell wurde im Gespräch deutlich, dass sie sich in den nächsten Wochen im Internet und Anzeigen im Hamburger Abendblatt orientieren und über angebotene Wohnungen informieren wollten. Die zu bewältigenden Entfernungen in dieser Kleinstadt waren kein Problem.

Allerdings wäre es geradezu ideal, sie fänden zwei Wohnungen so nahe beieinander, dass sie sich zu Fuß besuchen könnten.

Das Leben verlief schon eigenartig. Ohne das Ziel, nach seiner Trennung vor nun knapp vier Jahren eine neue Beziehung zu einer anderen Frau aufzubauen, war es geschehen. In einer Art und Weise, die weder ihm noch ihr besondere Anstrengungen abverlangt hätte. Und unter Umständen, die ihnen ungeahnte Möglichkeiten eröffneten, die ihnen total entsprachen.

Sie waren dem Glück im Unglück dankbar und begannen mit der Wohnungssuche. Jeder für sich, in ständigem Informationsaustausch. Einfach würde dieses Vorhaben nicht werden, das war beiden klar. Suchten sie doch nicht nur eine Wohnung, sondern wollten gleichzeitig auch ihre Häuser verkaufen.

Ulrike hatte, wie Max auch, für den Hausverkauf einen Makler eingeschaltet. Durch den Tod ihres Mannes war eine Lebensversicherung frei geworden, die sie allein geerbt hatte. Der Erlös des Hauses hingegen fiel an sie und ihre Kinder.

Sie war in einer recht komfortablen Lage und brauchte nicht zwingend einen schnellen Übergang zwischen Hausverkauf und Wohnungsmiete.

Eines bedrückte sie. Wie sollte sie ihren Kindern und den zwei besten Freundinnen sowie etlichen Bekannten die neue Situation erklären, ohne in eine

Schieflage zu geraten? Sie hatte natürlich nicht mit einer derartigen Veränderung ihrer Verhältnisse in kürzester Zeit gerechnet und ihre Bekanntschaft mit Max verschwiegen, obwohl sie von beiden Freundinnen auf Veränderungen ihres Verhaltens nach dem Ischia-Urlaub angesprochen worden war.

Ratlosigkeit machte sich bei ihr breit. In gemeinsamen Gesprächen kam sie mit Max zu dem Ergebnis, dass es wohl besser war, doch noch einige Wochen zu warten, ehe sie „die Katze aus dem Sack" ließ, wie sie es nannte.

Der Verkauf ihres Hauses ging überraschend schnell über die Bühne. Der Käufer ließ ihr sogar noch Zeit, um sich eine Wohnung zu suchen. Die war nach einem Monat intensiven Bemühens gefunden. Sie konnte einziehen.

Sohn und Tochter hatten auf den geplanten Hausverkauf positiv reagiert, fanden ihn sehr vernünftig, da sie genauso der Meinung waren, das Haus sei für ihre Mutter zu groß. Sie würde sich darin bestimmt einsam fühlen.

Tochter Susanne besuchte sie erneut, als sie von den Plänen hörte, an einem Wochenende. Ihr Mann konnte die Kinder betreuen. Die beiden Frauen nahmen sich viel Zeit, zum ersten Mal wieder nach einigen Jahren. Ulrike entschloss sich, bei allem

Respekt gegenüber Ludwig, zur Offenheit. Susanne hatte ohnehin etliche Fragen zur Ehe ihrer Eltern, weil sie sich bei ihren seltenen Treffen mit ihnen nicht des Eindrucks erwehren konnte, dass sie eher nebeneinander her als miteinander gelebt hatten. Ulrike konnte das nur bestätigen.

Und sie schilderte ihrer Tochter schließlich, dass und wie sie auf Ischia Max kennengelernt hatte und nun, nach dem plötzlichen Tod von Ludwig, der Gedanke aufkam, in Max' Nähe zu ziehen. Susanne reagierte überraschend positiv und gelassen darauf. Ihr sei wohler bei dem Gedanken, dass es für ihre Mutter in dieser Situation nicht nur Freundinnen, sondern auch einen Mann gab, der ihr etwas bedeutete und der sie unterstützen würde.

Ulrike war sichtlich erleichtert und machte daraus keinen Hehl, denn dieses Thema habe ihr doch ziemlich auf dem Herzen gelegen. Ein letzter Punkt war die Frage, wer von beiden Matthias, den Sohn und Bruder, informieren sollte.

Sie kamen überein, dass dies Susanne übernehmen würde. Ein Gespräch von ihr mit ihrem Bruder sei sicherlich einfacher als zwischen Mutter und Sohn. Susanne war überzeugt davon, dass er ähnlich wie sie reagieren würde. Beide hatten sich

Sorgen gemacht, wie es wohl mit ihrer Mutter weitergehen würde.

Bei diesem Gespräch war wieder mehr Nähe entstanden. Herzlich verabschiedeten sie sich voneinander. Einige Tage später meldete sich Matthias telefonisch. Susannes Vermutung stellte sich als richtig heraus. Er wünschte seiner Mutter viel Glück für die Zukunft.

Diese Klippe war also genommen. Jetzt stand ihr noch die Information an ihre beiden Freundinnen und einige Bekannte bevor. Ulrike hatte sich entschlossen, mit ihren Freundinnen getrennte Gespräche zu führen und sie später zur Einweihung ihrer neuen Wohnung einzuladen, ebenso die Bekannten.

Sie wollte mit ihnen einen schönen Abend verbringen und sie bei dieser Gelegenheit mit Max bekanntmachen. Seit dem Tod ihres Mannes waren inzwischen vier Monate ins Land gezogen. Freunde und Bekannte hatten längst um die Probleme in ihrer Ehe gewusst oder etwas geahnt, so dass sich die Überraschung einer neuen Beziehung vermutlich in Grenzen halten und von ihren Freundinnen vielleicht sogar begrüßt werden würde.

Die Liaison zwischen Ulrike und Max hatte sich trotz der massiven Probleme weiterhin positiv entwickelt. Keinerlei Ermüdungserscheinungen oder gar tiefgehende Konflikte hatten sich bemerkbar gemacht.

Im Gegenteil. Sie hatten sich bei gemeinsamen Konzert- und Theaterbesuchen noch näher kennengelernt. Eifrige Kinogänger, hatten sie festgestellt, waren sie ebenfalls seit ihrer Jugendzeit. Etliche Vernissagen und Ausstellungen hatten sie in guter Stimmung und mit lebhaften Gesprächen erlebt.

Kurz und gut: Die Beziehung schien Hand und Fuß zu haben und sich nicht in romantischen Gefühlen zu verlieren, sondern von einem gesunden Realitätssinn geprägt zu sein. Eine interessante Zukunft stand offensichtlich den beiden bevor.

Die kleine Einweihungsfeier lag hinter Ulrike. Sie war erfolgreich verlaufen. Es hatte keine Schwierigkeiten gegeben. Im Gegenteil: Freunde und Bekannte hatten sehr verständnisvoll reagiert und sich gefreut, dass Ulrike nicht in einem Tief oder in Depressionen versank. Sie wünschten ihr Glück.

Nur wenige Tage nach dieser Feier rückte Ulrike bei Max mit einem Wunsch heraus, der ihr offensichtlich sehr am Herzen lag. Max besuchte sie zum ersten Mal in der neu eingerichteten Wohnung und hatte es sich auf einem Sessel bequem gemacht, nachdem die Besichtigung hinter ihm lag. Ihr Schlafzimmer hatte Ulrike neu eingerichtet, nüchtern-elegant, mit einem breiten Bett, das sie – so ihre Aussage – öfter gerne mit Max teilen würde.

Nachdem drei Nächte in Berlin für beide angenehm verlaufen waren und Max sein schlechtes Gewissen wegen des Schnarchens abgelegt hatte, freute er sich darauf. Heute wollte er zum ersten Mal bei ihr übernachten.

Ulrike hatte ein Abendessen zubereitet. In Anlehnung an ihren Ischia-Aufenthalt servierte sie gebratenen Tintenfisch in einer hellen Weinsoße mit Knoblauch, dazu einen bunten Salat und leichten Weißwein. Als Vorspeise gab es eine Tomatensuppe mit frischen Kräutern und einem Klacks Sahne, als Dessert italienisches Eis und schließlich noch einen Espresso.

Ess- und Wohnzimmer waren in einem großen Raum zusammengelegt, der Tisch mit Blumen geschmückt und von Kerzen beleuchtet. Ulrike hieß Max herzlich willkommen, prostete ihm zu und probierte. Alles war gelungen. Max schmeckte es sehr gut.

Wie er Ullrike nun schon öfter erlebt hatte, packte sie den Stier gleich bei den Hörnen. Schon als

Mädchen habe sie sich sehnlichst einen anderen Vornamen gewünscht. Luisa wollte sie so gerne heißen. Diesen Namen fand sie wunderschön.

Ihre Eltern konnte sie davon allerdings nicht überzeugen. Sie wehrten sich gegen einen Wechsel und würden sie weiterhin beim alten Vornamen nennen, so deren Reaktion. Sie strich die Segel, passte sich an und hielt ihren Mund. Ludwig hatte sie auch nur als Ulrike gekannt.

Nie sei ihr dieser Wunsch aber aus dem Kopf gegangen. Jetzt würde sie ihn gerne verwirklichen und hoffte sehr, dass Max das verstehen und akzeptieren könne.

Max war zwar äußerst überrascht, sah darin aber keinerlei Problem. Im Gegenteil. Dieser Name gefiel ihm weitaus besser als ihr bisheriger. Weicher hörte er sich an, mehr Klang hatte er. Und wieder fand er diese Frau beeindruckend, die mit fünfundfünfzig Jahren noch ihren Vornamen ändern wollte.

Ulrike – oder ab heute Luisa – strahlte wie ein Kind vor Freude über seine Reaktion.

Max fragte sie, wie sie diese Namensänderung ihren Freunden und Bekannten beibringen wolle. Sie wusste es noch nicht, meinte aber, das würde sie schon hinkriegen.

In dieser Nacht genossen beide das Gefühl innerer Ruhe und Geborgenheit.

Gemeinsam gingen sie ins Wochenende hinein, überlegten, was sie unternehmen könnten, kamen zu dem Ergebnis, dass sie jetzt zuerst einmal diese neue Art der Zweisamkeit genießen wollten, ehe sie nach anderen Abwechslungen suchten.

Bei Luisa kehrte Ruhe ein. Bei Max noch nicht. Seine Wohnungssuche gestaltete sich etwas schwieriger. Es würde vermutlich sein letztes Domizil sein. Davon ging er aus. Deshalb achtete er auf eine sogenannte altersgerechte, möglichst barrierefreie Wohnung. Im Erdgeschoss wollte er leben, mit Terrasse und kleinem Garten oder in einem Haus mit Lift und einer großzügigen Wohnung plus entsprechendem Balkon.

Er suchte nach einer Art Wohnbüro, in dem er weiterhin seiner Arbeit nachgehen konnte und darüber hinaus ein Arbeitsplatz für seine langjährige Mitarbeiterin zur Verfügung stand.

Vor allem wollte er weiterhin Einzelcoaching geben, das sich in den letzten zwei Jahren sehr gut entwickelt hatte, erfolgreich und ausbaufähig war, ihn außerdem mit tiefer Zufriedenheit erfüllte. Er konnte Fortschritte, Weiterentwicklungen und Veränderungen bei den Gecoachten direkt erleben und spürte dadurch immer wieder seine Qualität als Berater und Trainer.

Nach drei Monaten hatte er eine passende Wohnung gefunden. Sie lag tatsächlich in Fußnähe zu Luisa. Es war reiner Zufall. Sein Haus war auch verkauft. Ein eigenartiges Gefühl, nach fünfzehn Jahren wieder Mieter zu sein. Auch ein gutes. Er hatte keine Verantwortung mehr.

Max war bei diesem Wechsel vom Glück begünstigt worden. Er wohnte jetzt in der Erdgeschosswohnung eines neuen Mehrfamilienhauses, barrierefrei, mit moderner Klimatechnik ausgerüstet und deshalb niedrig in den Energiekosten. Die Miete war zwar höher als geplant, die Gesamtkosten dagegen nicht.

Neben Luisa hatte Ruth Max tatkräftig bei seinem Umzug unterstützt und erheblich dazu beigetragen, dass er die Anstrengungen gut überstand und sich sein Wohlbefinden von Tag zu Tag steigerte.

Beide Frauen waren sich bei dieser Gelegenheit zum ersten Mal begegnet. Sie schienen sich sehr sympathisch zu sein. Das zeigte sich beim gemeinsamen Arbeiten und in den Pausengesprächen.

Bei dieser Begegnung, diesem Kennenlernen der beiden Frauen musste Max an die Bedeutung persönlicher Begegnungen in seinem Leben denken, die es ganz direkt beeinflussten und in neue Bahnen lenkten.

So die Wirkung seines Klassenlehrers in der Volksschule oder die „seiner" Bibliothekarin, die sensibel auf ihn einging und ihn mit ihrem enormen Wissen und Geduld an die Literatur heranführte, entsprechende Bücher empfahl, seine Eigenwilligkeit ernst nahm und sich mit ihm auseinandersetzte.

Von der ersten Stunde an fühlte er sich in seiner neuen Wohnung wohl.

Knapp achtzig Quadratmeter standen ihm zur Verfügung, aufgeteilt in einen sehr großen Wohnraum, wo er auch seinen Arbeitsplatz eingerichtet hatte; ein Raum diente als Schlafzimmer, ein weiterer, ebenfalls sehr geräumig, als Mehrzweckraum – heutiger Jargon „multifunktional" – für Einzelcoaching, ausgestattet mit einem weiteren Arbeitsplatz. Mit Fensterfronten, die den Blick auf eine große Terrasse und ein parkähnliches Gelände freigaben.

Der Start in eine neue Lebensphase begann. Ulrike und Max bauten ihr Leben um, quasi unter dem Motto: „Gestalte dein Leben, so lange du kannst."

Max lebte sich rasch in seiner neuen Wohnung ein, die im Zentrum der Kleinstadt lag. Seine Mitarbeiterin, die sich mit Veränderungen normalerweise schwer tat, schien dem Ganzen überraschenderweise einen gewissen Reiz abzugewinnen und sich daran zu gewöhnen. Der Umzug war problemlos über die Bühne gegangen.

Die Entscheidung von Max und Luisa, getrennt zu wohnen, sich aber oft zu sehen, war richtig gewesen. Viel gemeinsame Zeit verbrachten die beiden miteinander, bekochten sich gegenseitig mit großer Lust und guten Ergebnissen. Heiterkeit und Humor entwickelten sich zu einem wichtigen Element in ihrer Beziehung, wie auch eine gewisse Gelassenheit und Toleranz.

In vollen Zügen genossen sie ihr Leben und planten nun den ersten längeren gemeinsamen Urlaub. Breslau mit Polen war in den Hintergrund gerückt, Italien hatte Priorität.

Mit dem Lago Maggiore und Mailand wollten sie starten und nach vierzehn Tagen für eine weitere Woche in die Toskana reisen. Bei der Planung stand ihnen die Vorfreude ins Gesicht geschrieben. Als sehr angenehm empfand Max die Tatsache, dass Luisa finanziell vollständig unabhängig war.

Über all den Turbulenzen der letzten Monate war der Winter eingezogen, wieder vergangen und vom Frühjahr abgelöst worden. Ende Mai sollte der Urlaub beginnen. Der Autoreisezug würde sie bis nach Basel bringen, dann würde es mit dem Auto weitergehen, am Bodensee entlang durch die Schweiz nach Italien.

Freie Fahrt zu haben, nach Lust und Laune Routen, Aufenthalte, Hotels und Sehenswürdigkeiten bestimmen zu können – eine glänzende Aussicht auf Entspannung und Erholung. Allein diese Vorstellung war schon ein Vergnügen und kaum vorstellbar für Max, der seinen Urlaub in den vergangenen Jahren auf vierzehn Tage beschränkt, allerdings zwischendurch noch über verlängerte Wochenenden Städtereisen unternommen hatte.

Luisa kannte Italien kaum. Ihre Liebe galt zwar Land und Leuten, ihre Neugier konnte sie nie stillen wegen Ludwigs Vorliebe zum Norden.

Unter diesen Vorzeichen begann die Urlaubsreise Ende Mai. In Basel angekommen, nahmen sie ihr Auto in Empfang, fuhren am deutschen Ufer des Bodensees entlang mit Pausen an Orten, die Max gut kannte: Konstanz, Überlingen, Meersburg, Lindau und Bregenz.

Weiter ging es durch die Schweiz. Sie passierten den zauberhaften Comer See mit seinen traumhaft schönen Villen an der engen, sehr alten und hochromantischen Panoramastraße. Früher hatten hier begüterte Milaneser ihre Sommersitze. Wie sehr sich dies verändert hatte, war Max nicht bekannt.

Sichtbar war hingegen, dass doch etliche Palazzi zu Hotels umgewandelt worden waren. An Charme hatte diese Gegend nichts eingebüßt. Sie legten eine längere Pause ein, machten in einem der Hotel-Restaurants Station, saßen am steilen Felsen direkt am Wasser und lauschten dem sanften Plätschern der am Ufer auslaufenden Wellen.

In diesem Monat, auch noch bis Mitte Juni, war die Wärme sehr angenehm. Pflanzen strömten ihre Düfte aus, waren noch nicht von sengender Sonne geschädigt. Wobei dieser Flecken Erde, auch am Lago Maggiore, vom Klima sehr verwöhnt war. Grandiose Sommergewitter brachten warmen Regen, meistens nachts. Am nächsten Morgen dampften die Wälder, besonders auch die sich rasch erwärmenden Straßen. Der Himmel zeigte sich in strahlendem Blau, die Sonne schien. Die Natur grünte und blühte in herrlicher Pracht. Die Vegetation besaß geradezu subtropischen Charakter.

Gegen Abend erreichten sie Cannero Riviera, ihren ersten Zielort am Lago Maggiore. Max kannte ihn seit Jahren gut.

Bei seinem ersten Besuch mit Dorothee vor vielen Jahren hatte er sich in diese Region unsterblich verliebt. In einer ursprünglich alten, aber komplett sanierten und mit neuen Elementen in ein kleines Hotel umgebauten Villa hatte er ein Zimmer reserviert.

Den Eigentümer, einen freundlichen, zuvorkommenden Italiener Ende Fünfzig, hatte er bei seinen Besuchen in dem entzückenden Innenhof-Restaurant kennengelernt. Nach seiner Erinnerung verfügte das kleine Hotel lediglich über zehn Zimmer, alle mit Türen zum Innenhof und mit einer Balustrade versehen, die ringsherum führte. Nach außen lagen etliche Zimmer mit Blick zum See. Einfach ein Traum, wie auch die original italienische, sehr gepflegte Küche.

Luisa und Max ließen sich registrieren und gingen in den ersten Stock auf ihr Zimmer – mit Blick auf den See. Das Gepäck wurde nachgebracht. Die Dunkelheit hatte noch nicht eingesetzt. Er öffnete weit das Fenster, genoss Aussicht und eine warme Brise. Luisa kam an seine Seite. Er legte den Arm um sie. So standen sie einige Minuten, ehe sie sich auf den Weg zur Promenade machten, die sich langsam belebte.

Einen Tisch mit zwei Plätzen, etwas abseits unter einem im Hof stehenden, alten Olivenbaum, hatten sie für den späteren Abend reserviert.

Max war glücklich. Er hätte nicht gedacht, hier noch einmal Tage mit einer Frau verbringen zu können, mit einer, die er zu lieben begann, hatte er das Gefühl.

Sie genossen die warme Abendsonne. Etliches hatte sich seit seinem letzten Aufenthalt vor fünf Jahren verändert. Einige alte Häuser, damals schon von leichtem Verfall gezeichnet, waren verschwunden und durch neue, sehr stilvolle Appartementhäuser ersetzt worden.

Der Rückweg führte sie nochmals am Hafen vorbei. Yachten unterschiedlicher Größe und Ausstattung hatten angelegt. Boote schaukelten auf dem Wasser. Die Abendstimmung war atemberaubend, die Geräusche hatten einen anderen Klang als tagsüber.

Eifriger Betrieb herrschte an der Anlegestelle.

Entspannung pur. Luisa und Max ließen sich Zeit, tauschten ihre Eindrücke aus, flanierten, sprachen über manche Leute, die sie beobachten konnten, genossen die milde Luft und das heitere, mediterrane Ambiente, diese lässige Art, das Leben zu genießen. Es war der erste Tag, und doch tauchten sie bereits ein in den Müßiggang.

Bei einbrechender Dunkelheit suchten sie ihr Hotel auf, nahmen am reservierten Tisch im Innenhof Platz.

Der Eigentümer begrüßte sie, reichte ihnen die Speisekarte und empfahl in tadellosem Deutsch Kalbsleber in Salbei mit Mangold und Prinzesskartoffeln. Dazu tranken sie einen Bardolino. Der Lago Maggiore und seine Umgebung hatten für Max nichts von ihrem magischen Zauber eingebüßt.

Entspannt erzählte er Luisa von Ascona, dieser stilvollen, lebendigen und mondänen Gemeinde am äußersten Zipfel des Sees und noch zur Schweiz zählend, aber mit vollkommenem italienischen Gepräge: farbenfroh, prächtig, heiter, manchmal laut, geschäftig und reich. Ein Bummel durch die engen Gässchen mit ihren Boutiquen, Antiquariaten, Feinkost-, Obst- und Gemüseläden war ein reiner Genuss für die Sinne.

Das Wasser lief einem angesichts der angebotenen Leckereien schon beim Betrachten im Mund zusammen, meinte Max.

Wein wurde nachgeschenkt und das Essen schmeckte vorzüglich. Sie saßen lange, die zweite Flasche Wein war angebrochen, Gespräche an den Nebentischen ebenfalls noch zu hören. Die Laternen spendeten etwas Licht, die Kerzen auf den Tischen erhellten das Dunkel.

Schließlich gingen sie nach oben und nahmen sich im Zimmer erst einmal in den Arm, blieben eng aneinander gelehnt stehen, um sich sanft und ausgiebig zu küssen. Dann entkleideten sie sich, gingen zu Bett, lagen seitlich aneinander geschmiegt und schliefen schnell ein. Es war ein langer Tag gewesen.

Am nächsten Morgen strebten sie zum Strand. In aller Ruhe wollten sie sich orientieren und informieren, was sie in den nächsten Tagen unternehmen könnten. Außerdem hatten sie große Lust zu schwimmen.

Die Sonne schien, schon früh am Morgen war es warm und das Wasser hatte dreiundzwanzig Grad. Sie griffen sich zwei Liegestühle. Auf einer Decke breiteten sie ihre Utensilien aus. Ascona war natürlich eines ihrer Ziele. Montagnola, der Ort, an dem Hermann Hesse Jahrzehnte gelebt hatte, war für Luisa uninteressant. Sie hatte nur wenig von ihm gelesen, und Max kannte sowohl Hesses Haus als auch die nähere Umgebung schon.

Zu einem Besuch auf der kleinen Insel Isola Bella im Lago Maggiore entschlossen sie sich, und rund um den See wollten sie einzelne Orte kennenlernen, auch die verschiedenen Märkte, auf denen sich wundervoll einkaufen ließ.

Sie faulenzten (was für ein alter Ausdruck, dachte Max), lasen, unterhielten sich zwischendurch, holten sich beim Eismann ein Eis, tranken in einem der Restaurants im Hafen Cappucino, später Campari, schwammen ausgiebig und beobachteten die Menschen. Der Tag ging schnell vorbei. Abends waren sie vom Nichtstun rechtschaffen müde.

Am nächsten Morgen warteten sie wie andere Touristen auf das Fährschiff, das verschiedene Orte am See anfuhr, auch Ascona. Gegen halb elf landeten sie dort.

Max freute sich sehr darauf, weil er die kleine Stadt schon recht gut kannte, zumindest das Zentrum.

Er erinnerte sich lebhaft an die russische Prinzessin (oder wer immer sie tatsächlich war). Jedenfalls hatte die etwas mollige Dame, Eigentümerin der antiquarischen Buchhandlung direkt neben der Kirche, temperamentvoll in recht gutem Schwyzerdütsch mit rollendem Akzent und ebensolchen Augen Dorothee und ihm vor Jahren beim Besuch einen Sekt angeboten und dann ihr Leid geklagt.

Wie mühselig es sei, den Laden am Laufen zu halten. Dass Fremde wie Einheimische zwar stundenlang stöberten, aber wenig kauften und sie sich seit Jahren am Existenzminimum bewegte. Gute Freunde würden sie immer wieder unterstützen.

Sie schien eine wahre Lebenskünstlerin zu sein. So sehr sie jammerte, so ungebrochen war ihr Lebenswille. Glücklich war sie über den Wegfall des Eisernen Vorhanges. Jetzt könne sie wieder in ihre Heimat nach Russland fahren, sich dort frei bewegen. Leider, leider hätte sie das Geld nicht dazu und sei noch nicht dort gewesen.

Bei dieser skurrilen Dame verbrachten sie damals eine amüsante Stunde und verabschiedeten sich sehr herzlich von ihr.

Max erzählte, während sie zur Buchhandlung gingen, Luisa die Geschichte. Die Lady gab's nicht mehr, stellte sich heraus. Der Buchhändler, den sie danach fragten, konnte ihnen keine Auskunft über ihren Verbleib geben.

Luisa und Max verließen die Buchhandlung und schlenderten weiter, an der Kirche vorbei zur eleganten Einkaufsstraße. Es war ein Bummeln im Stop-and-Go-Rhythmus. Haltepunkte waren die einzelnen Shops mit ihren sehr attraktiven Angeboten. Mode, Schmuck, Antiquitäten und Delikatessen jeglicher Art bildeten die Schwerpunkte.

Luisa wollte sich diese Gelegenheit nicht entgehen lassen. Sie sahen sich in mehreren Modegeschäften um. Sie hatte es auf ein leichtes Etwas von Sommerkleid abgesehen und einen Badeanzug, ließ sich ausgiebig beraten, wählte aus, probierte an.

Mit sichtlichem Vergnügen führte sie Verschiedenes Max vor, bis sie sich schließlich für einen leichten, bunten Stoff mit Sommerblumen entschied und einen gelben Bikini. Beschwingt gingen sie zurück zum Hafen.

Es war heiß geworden. Die Einheimischen wussten, weshalb sie vor langer Zeit die Promenade bei der Anlegestelle mit Platanen versehen hatten, die nun wie ein breites Dach schattige Kühle spendeten. Bänke luden zum Verweilen ein.

Luisa und Max fanden noch einen Platz und ließen sich nieder, saßen still, betrachteten das Leben auf dem See, dösten leicht vor sich hin. Luisa entfernte sich kurz und kam mit zwei Tüten Eis zurück. Eine bot sie Max an, der gerne zugriff und sich diese köstliche Erfrischung schmecken ließ. Träge wurden sie, die Zeit spielte keine Rolle mehr, der Urlaub hatte offensichtlich begonnen. Es war aber auch zu schön: drei Wochen ungetrübte Zeit miteinander.

Das Schiff, das sie zurückbringen sollte, lief ein. Wie stark Ascona von Tages-Touristen frequentiert wurde, ließ sich an der großen Zahl von Menschen ausmachen, die auf die Ankunft warteten. Zurück ging es wiederum über einzelne Stationen der am See gelegenen Dörfer.

In Cannero stiegen sie aus und suchten ein wenige Meter entferntes Restaurant direkt am See auf. Problemlos fanden sie Plätze. Es war noch früh am Abend, die Sonne im Untergehen begriffen. Sie veränderte ständig ihre Farben, von gelb bis rot glühend. Ein grandioser Anblick, fast postkartenmäßig kitschig. Luisa küsste Max.

Sie bestellten Frutti di Mare, aßen Brot und Oliven dazu und tranken einen Weißwein aus Orvieto in der Toskana.

Luisa wie Max waren Frühaufsteher. Ehe sie am nächsten Morgen den Tag begrüßten und entspannt das Frühstück zu sich nahmen, liebten sie sich – sanft und verhalten. Dann duschten sie, kleideten sich an und ließen es sich schmecken.

Für die nächsten Tage hatten sie sich einiges vorgenommen: Mailand, einen Ausflug in die Berge an der Grenze zwischen Italien und der Schweiz und einige Stippvisiten rund um den See. Dazwischen aber wollten sie sich in Cannero am Hafen und See mit der großen Liegewiese und dem feinen Sandstrand Ruhe gönnen.

Heute wollten sie Milano besuchen, diese pulsierende Metropole im Norden Italiens, die von vielen Italienern als völlig atypisch empfunden wurde. Sie fuhren mit der Bahn, denn einen Parkplatz im Zentrum zu finden war schier unmöglich und außerdem teuer. Wie inzwischen in fast allen Großstädten, egal, in welchem Land.

Die Fahrt verlief ohne Schwierigkeiten. Pünktlich erreichten sie den Hauptbahnhof im Zentrum. Den Mailänder Dom vor allem und die großartigen, mit Glas überdachten Einkaufspassagen wollten sie kennenlernen.

Die eleganten Auslagen mit Mode, von Kleidern bis zu gehäkelten Spitzen und sehr stilvollen, eigenwilligen Ledererzeugnissen, vor allem Schuhe und Taschen, für Damen wie für Herren. Eine geschäftige Business- und mondäne Welt, wohin man blickte. Nach einigen Stunden hatten sie sich satt gesehen und traten zufrieden den Heimweg an.

Sie verkürzten am Lago Maggiore von zwei auf eineinhalb Wochen und wollten stattdessen die Zeit in der Toskana verlängern. Die Tage nahmen sehr an Wärme zu.

In einem kleineren Ort in der Nähe von Florenz hatte Max vor vielen Jahren ein umgebautes Kloster kennengelernt, von einem deutsch-französischen jungen Lehrer-Ehepaar bewirtschaftet, das seinen Beruf aufgegeben und sich für Landwirtschaft und Weinbau entschieden hatte.

Im Internet hatte er zu seiner freudigen Überraschung entdeckt, dass diese kleine, aber feine Herberge noch immer existierte, es Luisa erzählt – die begeistert war – und dann gebucht. Nun waren sie in der Anfahrt begriffen, fuhren die letzten Meter, ehe sie die Gehöfte sahen und anhielten.

Begrüßt wurden sie von den damaligen Besitzern, die trotz der vergangenen dreißig Jahre ihr kleines Gut und Kloster noch immer bewirtschafteten, nun allerdings mit Hilfe jüngerer Arbeitskräfte aus der Region.

Sie hatten vergrößert, an- und umgebaut, mit sehr viel Liebe und Geschick und so den ursprünglichen Charakter erhalten.

Max war sehr beeindruckt und erzählte ihnen vom damaligen Aufenthalt mit einer Gruppe. Natürlich konnten sie sich nicht mehr erinnern.

Das sei in ihrer Anfangszeit gewesen, einer sehr schweren, unsicheren Phase, die sie aber schließlich gut überwunden hatten, wie man ja auch sehen könne. Sie wollten noch zwei, drei Jahre weitermachen, ehe sie sich aufs Altenteil zurückziehen würden. Nach Frankreich oder Deutschland mochten sie nicht zurückkehren.

Zum Umbau zählte auch ein künstlich angelegter kleiner See, der hinzugekommen war. Ein echter Gewinn – da es weit und breit keine Bademöglichkeit gab. Luisa und Max fühlten sich sofort wohl, ließen sich das Zimmer zeigen, packten aus und gingen nach unten, um sich erst einmal in Ruhe umzusehen.

Das Kloster lag auf halber Höhe in den Weinbergen, mit weitem Blick über das Tal, das nach Florenz führte. Mit der Bahn waren nur etwa fünfzehn Minuten zu fahren, bis zur Bahnstation mit dem Auto nochmals zwanzig Minuten.

Sie setzten sich auf die weitläufige Terrasse am Abhang, gegenüber dem großen Bauerngarten, dem früheren Klostergarten, und unweit der Weinreben. Ein stilles, wunderschönes Panorama mit bäuerlichem Charme. Nur sehr gedämpft waren bei genauem Hinhören leichte Geräusche der weit entfernten Straße zu hören. Der Ruhe und Stille tat das keinen Abbruch.

Jean, der Hausherr, brachte eine Karaffe seines Hausweines als Begrüßungstrunk. Ein Weißwein, frisch aus dem Fass, gut gekühlt. Auf der Karaffe hatten sich leichte Perlen gebildet. Dazu zwei einfache Gläser, selbst gebackenes Brot und eigene Oliven.

Ein Gedicht das Ganze. Luisa und Max ließen sich in diese durch und durch entspannte Atmosphäre hineinfallen.

Die Frage wurde gestellt, ob sie heute Abend noch etwas vor hätten oder hier bleiben und zu Abend essen wollten. Es gäbe aus dem eigenen Garten Antipasti, danach Spaghetti mit Steinpilzen und schließlich Lamm in Weißwein mit Thymian. Nichts lieber als das, war die Antwort. Sie würden auf einige andere Gäste treffen, so die Auskunft, die sich ebenso einquartiert hatten.

Nach dem Begrüßungsschluck machten Luisa und Max einen Spaziergang durch die Weinberge. Danach gingen sie nach oben in ihr Zimmer.

Der Abend war, wie im Süden üblich, früh hereingebrochen, die Luft warm. Aus der „Klosterküche" schwebten Düfte der Köstlichkeiten, die zubereitet wurden, durch das geöffnete Fenster in das Zimmer der beiden.

Luisa schlüpfte in ihr luftiges Ascona-Kleid mit berückendem Dekolleté, Max trug eine leichte, helle Sommerhose mit Jackett. So gesellten sie sich zu den anderen, um sich in einem ausgedehnten Abendessen zu verlieren und neue Kontakte zu knüpfen.

Es wurde ein anregender Abend mit interessanten Gesprächen. Spät gingen sie wohl gestimmt zu Bett. Das Fenster ließen sie weit geöffnet. Mit störenden Geräuschen war nicht zu rechnen.

In diesen Tagen war Max immer wieder überrascht davon, wie angenehm und leicht sich das Leben mit Luisa gestalten ließ. Sicherlich auch durch ähnliche Eigenschaften und Ansichten der beiden bedingt. Es gab wenig Konfliktpotenzial.

Und wenn doch, erstaunte Luisa Max mit ihrer offenen, direkten Art, die schnell Klarheit brachte.

Er fragte sich und sie, wie es ihr möglich gewesen sei, über viele Jahre mit Ludwig ein Leben in Anpassung zu führen und dabei zufrieden zu sein.

Ihre Antwort war einleuchtend: Mit ihrer Meinung habe sie auch bei Ludwig nicht hinter dem Berg gehalten. Die Differenzen habe sie letzten Endes aber erst richtig bemerkt, nachdem die Kinder groß und aus dem Haus waren. Vorher seien sowohl von Ludwig als auch ihr häufig Kompromisse zugunsten der Kinder geschlossen worden, weil sie Priorität gehabt hätten.

Jetzt genieße sie umso mehr die sich auftuenden Möglichkeiten und Freiheiten. Es sei ein spätes Glück, mit dem sie nicht gerechnet habe.

Florenz! Noch immer der phantastische Blick von der Piazzale Michelangelo auf dem Hügel hinüber zur Stadt bis zum weltberühmten Dom. Sie standen an der steinernen Balustrade und konnten sich kaum losreißen.

Vor mehr als vierzig Jahren war Max zum ersten Mal hier gewesen, und noch immer war er fasziniert. Auf jedem Fußbreit begegneten ihm Zeugnisse der Geschichte mit der Epoche der Medici, einem der Höhepunkte in der Stadtchronik; mit Päpsten, Intrigen, Mord und Totschlag – und mit

Künstlern, die die Welt bewegten, wie Michelangelo mit seinem aus Marmor gemeißelten weltberühmten David.

Früher stand das überlebensgroße Original vor dem Palazzo Pitti, heute in den Uffizien. Am ehemaligen Standplatz blickt eine Kopie in die Ferne und lässt sich von Touristen bewundern. Wunderschöne Renaissance-Paläste schmücken die Stadt. Sie waren Vorbild für die ganze damalige Welt, wurden bis in den hohen Norden Europas kopiert. Sogar das Hamburger Rathaus enthält Renaissance-Elemente.

Drei Tage insgesamt durchstreiften Luisa und Max diese beeindruckende, wunderschöne Stadt. Länger als eine Stunde verweilten sie allein im Dom, bewunderten die Pietà (die Grablegung Christi), den schwarz-weiß-grünen Marmor, aus dem der Dom erbaut wurde, Skulpturen, Fresken, Malereien und das Battisterio, die Taufkirche direkt neben dem Dom, mit ihrer Paradiestür.

Bei diesem stillen Durchgehen – zugegeben bei einigem Trubel durch Führungen von Touristengruppen – bekam das Wort Ehrfurcht wieder Bedeutung.

Obwohl sie fast einen ganzen Tag allein in den Uffizien – dem weltbekannten Museum – zubrachten, sahen sie nur Bruchteile der dort ausgestellten Kostbarkeiten. Hier konnte man sich ohne Weiteres eine Woche und länger aufhalten.

In den ausgedehnten Mittagspausen zogen sie sich – wie früher wohl auch „die hohen Herrschaften" – in den riesigen Park, die Boboli-Gärten zurück, ehe sie sich dann zur „letzten Runde" aufmachten, meistens ein Einkaufsbummel durch Straßen und Gässchen.

Seit etlichen Jahren war die Innenstadt ruhiger, weil für den Autoverkehr gesperrt. Nicht allein der Lärm, vor allem die Umweltschäden durch Autoabgase hatten im Laufe der Jahrzehnte enormen Schaden angerichtet.

Lange betrachteten sie die ungewöhnlich schicken Auslagen der Geschäfte, und Luisa konnte nicht widerstehen. Sie kaufte eine höchst elegante Ledertasche und Schuhe, Max einen Ledergürtel.

Ihr Quartier war nach wie vor das umgebaute Kloster. Von dort machten sie auch ihre Ausflüge in die Toskana, diese durch dunkle Zypressen streng und etwas melancholisch wirkende, einmalige Landschaft mit ausgedehnten Weinbergen und sanften Hügeln. Sie milderten die Strenge, wie auch verstreut wachsende Pinien.

Nicht zu vergessen die typischen Dörfer, meistens ehemalige Sitze von Herrschergeschlechtern, wie San Gimignano, Lucca, Orvieto oder Siena mit den berühmten Reiterspielen auf der Piazza Signorina.

Angesichts solcher Herrlichkeiten und stundenlangem Gehen ermüdeten Augen und Beine. Gedanken und Erinnerungen machten sich selbständig, wanderten bei Max in vergangene Zeiten und Erlebnisse, kamen aber immer wieder in die Gegenwart und zu Luisa zurück. Sie waren sehr froh über das Auto, mit dem sie diese Landschaft durchfahren und anhalten konnten, wo und wann immer sie wollten.

Mehreren Weingütern am Wege statteten sie einen Besuch ab. Viele Weinbauern hatten sich wieder alter Traditionen besonnen und den klassischen, seit ewigen Zeiten angebauten Chianti rekultiviert. Max erstand davon einige Flaschen wie auch den leichten, weißen Orvieto aus der gleichnamigen Region.

Meistens am frühen Abend kamen sie überaus müde, aber glücklich in ihr Domizil zurück, setzten sich auf die Terrasse, tranken einen Wein und nahmen ein Abendessen zu sich, gekocht und zubereitet von Ulla – so hieß die Hausherrin – und ihren Hilfskräften.

Schöne Nächte mit italienischem Flair, das sich, wie das Erlebte auch, auf ihre Stimmung auswirkte, machten sie rundherum glücklich.

Der Urlaub näherte sich dem Ende. Die Rückfahrt, dieses Mal bis München und von dort mit dem Reise-Autozug nach Hamburg, verlief ohne Verspätungen. Zuhause angekommen, trennten sie sich. Jeder ging in seine Wohnung. Max hatte noch eine Verschnaufpause, ehe er wieder mit der Arbeit begann, Luisa ebenfalls.

Am nächsten Tag trafen sie sich nachmittags bei Luisa zum Kaffee. Sie hatte während des Urlaubs kleine Video-Clips aufgenommen, die sie nun ansahen. Es war ein erlebnisreicher, wunderschöner Urlaub, so stellten sie nochmals gemeinsam fest.

Ihre Bindung nahm feste Züge an. Sie unternahmen sehr viel gemeinsam, fühlten sich wohl und spürten, dass es „eine ernsthafte Sache" war.

Ein für Max wichtiges Thema waren aber nach wie vor der Altersunterschied und seine angeschlagene Gesundheit, obwohl beides zur Zeit noch keine wesentliche Rolle spielte. Er sprach darauf Luisa an.

Sie reagierte betroffen, aber ruhig und meinte: „Sieh mal, Ludwig war gesund – und von heute auf morgen tot. Das ist das Eine. Das Andere: Ich erlebe mit Dir zusammen so viel, es klappt so gut, selbst wenn es nur wenige Jahre dauern sollte, ist es mir das wert. Und drittens: Wir alle kennen unsere Zukunft nicht. Ich weiß zum Beispiel nicht, ob ich vor Dir zum Pflegefall werde oder sterbe und wie Dein Leben weiter verlaufen wird. Also, für mich ist das kein Thema."

Das war eine klare Aussage – und Max wie befreit. Er informierte Luisa über seine Patientenverfügung, sein Testament, seine Absprachen mit seinem Sohn.

Danach ließ er das Thema ruhen. Manchmal machte er sich vielleicht zu viele Gedanken über die Zukunft. So, als könne er den Verlauf bestimmen. Er hatte ja selbst in seiner unmittelbaren Umgebung mehrfach den plötzlichen und für alle gänzlich überraschenden Tod von Männern erlebt, mit denen er beruflich zu tun hatte. Es hatte etliche erwischt.

In den darauf folgenden Wochen fühlte sich Max sehr erleichtert und ausgesprochen wohl. Er führte diesen Zustand auf die klärenden Ereignisse und Gespräche zurück. Mehr Sicherheit war in sein Leben gekommen.

Er hatte eine Frau kennengelernt, die sich an seinem Alter nicht störte – er sich umgekehrt auch nicht mehr – sondern es im Gegenteil zu schätzen schien. Eine, die sich zwar auf ihn einstellte, sich selbst dabei aber nicht vergaß, sondern ihre Bedürfnisse wahrnahm und auch äußerte.

Einer seiner lang gehegten Wünsche war damit überraschenderweise in Erfüllung gegangen, seine Verantwortung geringer geworden.

Luisa war tatsächlich seine späte Liebe. Wie albern sich das anhört, dachte er. Aber es stimmte. Etwas anderes stimmte auch: Dass sich nichts erzwingen lässt. Nicht das Kennenlernen einer „neuen" Frau oder eines „neuen" Mannes, geschweige denn das Erblühen einer Liebe.

Max war glücklich und zufrieden. Es ging zu neuen Ufern.

Das gesamte Verlagsprogramm von tredition ist bei allen stationären Buchhandlungen und Online-Buchhändlern wie z. B. Amazon erhältlich. e-Books stehen bei den führenden Online-Portalen (z. B. iBookstore von Apple) zum Verkauf.

Seit 2009 bietet tredition sein Verlagskonzept auch als sogenanntes "White-Label" an. Das bedeutet, dass andere Personen oder Institutionen risikofrei und unkompliziert selbst zum Herausgeber von Büchern und Buchreihen unter eigener Marke werden können.

Mittlerweile zählen zahlreiche renommierte Unternehmen, Zeitschriften-, Zeitungs- und Buchverlage, Universitäten, Forschungseinrichtungen, Unternehmensberatungen zu den Kunden von tredition. Unter www.tredition-corporate.de bietet tredition vielfältige weitere Verlagsleistungen speziell für Geschäftskunden an.

tredition wurde mit mehreren Innovationspreisen ausgezeichnet, u. a. Webfuture Award und Innovationspreis der Buch-Digitale.

tredition ist Mitglied im Börsenverein des Deutschen Buchhandels.

www.tredition.d

Über tredition

Der tredition Verlag wurde 2006 in Hamburg g gründet. Seitdem hat tredition Hunderte von Bücher veröffentlicht. Autoren können in wenigen leichte Schritten print-Books, e-Books und audio-Books publi zieren. Der Verlag hat das Ziel, die beste und fairst Veröffentlichungsmöglichkeit für Autoren zu bieten.

tredition wurde mit der Erkenntnis gegründet, dass nur etwa jedes 200. bei Verlagen eingereichte Manu skript veröffentlicht wird. Dabei hat jedes Buch seine Markt, also seine Leser. tredition sorgt dafür, dass fü jedes Buch die Leserschaft auch erreicht wird.

Autoren können das einzigartige Literatur-Netzwer von tredition nutzen. Hier bieten zahlreiche Literatu Partner (das sind Lektoren, Übersetzer, Hörbuchspr cher und Illustratoren) ihre Dienstleistung an, um M nuskripte zu verbessern oder die Vielfalt zu erhöhe Autoren vereinbaren unabhängig von tredition mit Lit ratur-Partnern die Konditionen ihrer Zusammenarb und können gemeinsam am Erfolg des Buches parti pieren.